5명의 거장들이
알려주는
————

상대방의
마음을읽는
심리학

상대방의 마음을 읽는 심리학

초판인쇄   2022년 03월 29일
초판발행   2022년 04월 05일

지은이   정성훈
발행인   조현수
펴낸곳   도서출판 더로드
마케팅   최관호
IT 마케팅   조용재
교정교열   강상희
디자인 디렉터   오종국 Design CREO

ADD   경기도 파주시 초롱꽃로17 303동 205호
문류센타   경기도 파주시 산남동693-1 1동
전화   031-942-5364, 031-942-5366
팩스   031-942-5368
이메일   provence70@naver.com
등록번호   제2015-000135호
등록   2015년 06월 18일

정가 15,800원
ISBN 979-11-6338-246-1 03810

5명의 거장들이
알려주는
————

상대방의
마음을읽는
심리학

정성훈지음

도서출판 **더 로드**
The Road Books

"긍정적이고 훨씬 더 멋진 삶을
살아가기 위하여"

"저 인간 대체 왜 저래?"

살면서 한 번씩 해보기도 하고 들어봄직도 한 말입니다
우리는 많은 인간관계를 맺으면서 한 번씩 만나는 사람
뿐만 아니라 가까운 사람에게 조차 이해 하기 어려운 말
과 행동을 경험 할 때 가 있습니다 그리고 그런 일들이
많아질수록 우리의 스트레스는 한 없이 커져만 갑니다
이 책은 그렇게 이해하기 힘든 사람들을 이해해 보고 싶
은 사람들을 위한 책입니다.

상대방의 마음이라는 우주로 한 걸음씩 들어가는 그 무
궁무진한 세계로의 초대!

한 사람의 마음 안으로 들어가서 그 사람을 이해하고 그 사람에게 좋은 영향력을 끼친다는 것, 그것은 실로 엄청난 일입니다. 그 사람의 역사, 환경, 감정을 이해하고 다가서는 일은 그 어떤 일보다 의미 있고 가치 있는 일이죠. 우리는 누군가가 나를 이해해주고 존중해 줬으면 하는 욕구가 있습니다. 누군가 그 욕구를 채워준다면, 그 사람과 아주 좋은 관계를 맺을 수 있습니다. 하지만 현실의 삶에서 관계를 잘 맺는다는 것은 쉬운 일이 아닙니다. 몇 해 전 일간지에서 봤던 설문 내용이 생생하게 기억납니다. 출근하는 직장인 500명을 대상으로 직장을 다른 말로 표현해 보라고 했습니다. 그런데 1위 지옥, 2위 감옥, 3위 무인도라는 놀라운 결과가 나왔습니다. 10위권 내에 있는 단어들이 대부분이 부정적인 단어였습니다. 이러한 단어들로 인해 현대의 직장인들이 직장생활을 얼마나 힘들게 하는지 우리는 예상할 수 있습니다. 어쩌다 직장이란 곳은 지옥으로 변해 버린 것일까요? 너무나 힘든 직장생활의 원인은 여러 가지겠지만, 그 중심에는 구성원들끼리의 갈등과 불통에서 오는 답답함이 큰 몫을 차지하고 있습니다.

물론 성과를 내야 하는 기업의 속성상 목적을 이루는 과정에서 누군가에게 상처를 주고, 힘들게 하는 일들이 불가피한 일이라고 하는 사람들도 있을 것입니다. 하지만 직장은 그냥 그런 곳이라고 참고 넘어가기에 힘들어하는 사람들이 너무 많습니다.

직장뿐만이 아닙니다. 가정도 수많은 고통을 겪고 있는 것을 우리는 주위 사람들을 통해 보게 됩니다. 그리고 뉴스 기사를 통해서도 어렵지 않게 접할 수 있습니다. 이혼율은 갈수록 높아지고, 부부뿐만 아니라 부모와 자식 간에도 서로를 이해하지 못하고 상처 주는 일들이 너무나 빈번하게 일어나고 있습니다.

우리는 살면서 참으로 많은 갈등을 경험합니다. 그런데 사람은 똑같은 사건을 경험해도 자신의 감정과 마음 상태에 따라 전혀 다르게 해석하고 반응합니다.

긍정 정서 연구에 따르면 사람 마음에 부정적인 정서들이 쌓이면 사람의 생각과 시야가 좁아지는 현상이 일어납니다. 그 상황에서 자주 하는 말은 "어떻게 저 사람이 나한테 저런 말과 행동을 할 수 있지?"입니다. 반대로 긍정 정서가 가득 찬 마음 상태에선 "저럴 수도 있지!", "저 사람 오늘 참 안 좋은 일이 있나 보다."라고 넘어갈 수 있습니다. 긍정적인 정서가 가득한 상태에선 생각과 시야가 넓어져 나에게 오는 자극을 다양하게 생각할 가능성이 있기 때문입니다.

한 사람의 정서에 가장 큰 영향을 끼치는 요소는 바로 '사람' 입니다 심리학에서 꾸준히 진행된 행복에 관한 연구들의 결과를 봐도 행복에 영향을 가장 많이 끼치는 변수는 사람입니다. 사람의 마음을 잘 이해하고 알 수 있다면 우리 안에 긍정적인 정서가 넘칠 것이고 우린 훨씬 더 멋진 삶을 살아갈 수 있을 것입니다.

"상대방의 마음을 읽는 심리학"은 이 책의 제목입니다. 그런데 많은 사람이 생각하는 '상대방의 마음'이란 자신의 관점에서 상대방인 경우가 많습니다. 출발선부터가 잘못되어 있습니다. 나의 관점에서의 상대방이 아닌 상대방 관점에서의 상대방이어야 합니다. 그럼 어떻게 상대방의 관점을 알 수 있을까요?

먼저 자기 생각의 틀을 깨야 합니다. 그리고 사람의 보편적인 마음에 대한 이해가 있어야 하고 다양한 사람들에 대한 개인적인 특수성에 깊은 이해가 있어야 합니다. 우리들은 내가 경험한 네가 전부일 거라는 전제를 나도 모르게 갖고 사람들과 관계를 맺으며 살아갑니다. 우리는 사람에 관한 참으로 잘못된 신념, 검증되지 않고 과학적으로 타당하지도 않고 오히려 왜곡되고 편협된 사고를 믿으며 살아갈 때도 있습니다.

이 책은 프로이트, 조지 베일런트, 칼 로저스, 에릭 에릭슨, 엘버트 엘리스라는 5명의 위대한 심리학 거장의 이론들을 바탕으로 사람의 깊은 마음을 이해해 보는 책입니다. 누군가의 마음을 깊이 이해하기 위해선 반드시 나의 마음을 깊이 이해하는 것이 선행되어야 합니다. 나 자신을 흐릿하게 보면서 상대방을 선명하게 볼 수는 없는 것입니다. 이 책을 통해 몰랐던 자신의 모습을 먼저 깨닫고 그것을 바탕으로 상대방을 깊이 이해하는 경험을 하면 좋겠습니다.

심리학은 개인적으로 저의 인생에 많은 변화를 가져왔습니다. 저 자신을 깊이 알게 만들어 줬고 다른 사람을 이해하는 눈도 깊어지게 만들었습니다. 또한, 저의 신앙에 끼친 영향도 참 큽니다. 이 책을 통하여 많은 사람이 제가 경험한 귀한 것들을 함께 누리기 원합니다.

저는 이 땅에서 완벽한 유토피아를 꿈꾸지는 않습니다. 다만 오늘보다 내일이 조금이라도 나아진다면 그것은 굉장히 의미 있는 일이 되리라 생각합니다. 사람이 갖는 절망감은 내가 아무리 발버둥 쳐도 조금도 내 삶이 나아지지 않을 것이라는 생각에서 나옵니다. 아주 조금이라도 우리의 삶이 나아진다면 훨씬 더 많은 사람들이 작은 희망을 품고 지금의 어려움을 잘 이겨낼 수 있을 것입니다.

2022년 3월, 화창한 봄날에...

저자 정성훈

차례 | Contents

PART_03

진짜로 너가 원하는게 뭐야?

(상대방이 진심으로 원하는 것 알기)

Carl Rogers

PART_04

우린 조금씩 좋아지고 싶은 것 뿐이야!

(상대방의 성장을 이끄는 방법)

Erik Homedurger Erikson

PART_05
생각을 바꿔야 관계도 바뀌지!
(왜곡된 생각 변화시키기)

니 마음은
도대체 뭔데?

**상대방의 마음속으로
깊이 들어가기**

Sigmund Freud

Sigmund Freud
지그문트 프로이트

• 정신분석의 창시자
• 1856년 오스트리아 출생
• 유대인
• 1896년 정신분석 용어 사용

심리학자 중에 가장 유명한 한 사람을 꼽으라면 아마도 많
은 사람들이 프로이트를 꼽지 않을까요? 그
이유는 프로이트가 심리학에 그리고 우리 삶에 끼친 영향력이 매우
크기 때문입니다. 지금 우리가 흔히 사용하는 '무의식'이라는 개념
도 프로이트에 의해 전 세계로 뻗쳐 나갔죠. 프로이트가 우리들에게
하고 싶었던 이야기들은 무엇이었을까요?

01 내 안에 감춰진 나

우리 안에는 우리가 모르는 '나'가 많이 존재합니다. 그것을 알아가는 것은 우리 삶에서 중요한 부분 중 하나입니다.

1) 이유 없이 기분이 안 좋을 때

B양은 길을 지나가다가 우연히 초등학교 동창 C양을 만났습니다.

"야, 오랜만이야. 잘 지냈어? 넌 그대로다. 시간 될 때 커피라도 한잔하자."

이렇게 인사하고 돌아섰는데 그때부터 B양은 기분이 안 좋아지기 시작합니다.

'왜 갑자기 기분이 안 좋아지지? 그냥 오래전 친구랑 인사한 것뿐인데…'

B양은 왜 갑자기 오랜만에 친구를 만나서 인사만 했는데 기분이 안 좋아진 걸까요?

사람은 누군가에게 이유 없이 기분 나쁠 수 없는 존재입니다. 기분이 나빴다면 분명히 그 이유가 있습니다. 사실 B양은 학창시절에 C양에게 상처받은 사건들이 있습니다. 하지만 우리는 모든 사건을 다 기억하며 살지 않습니다. 우리가 과거를 떠올렸을 때 생각나는 사건은 아마 가장 크게 상처받았거나, 가장 행복했던 일들 몇 가지만 떠오를 것입니다. 나머지 소소한 사건들은 기억나지 않는 것들이 많을 것입니다.

하지만 사건은 우리 기억에서 사라졌어도 그때 겪었던 감정은 우리 안에 남아있기에 이런 일들이 일어나는 것입니다. 우리에겐 스스로 경험하고 자신 안에 들어와 있지만, 본인이 알 수 없는 영역이 있습니다. 그리고 그것들은 한 사람의 삶에 지속적으로 영향을 미칩니다.

상대방의 마음을 읽는 심리학

2) 내 마음의 4가지 영역

"내가 왜 그랬는지 모르겠어."

이런 말을 하셨거나 들은 경우가 있으신가요? 스스로 생각해도 어이가 없고, 답답할 노릇이지만 우린 이런 말을 할 때가 종종 있습니다. 사람에게는 자신도 모르는 자기가 있기 때문이죠. 이렇게 알쏭달쏭한 영역을 미국의 심리학자 조셉 루프트와 해리 잉햄이 공동연구를 통해 4가지로 구분했습니다. 이를 자신들의 이름을 따서 '조하리의 창'(Johari' s Windows) 이라고 했습니다.

우리 안에는 자신이 알고 있는 모습인 '의식의 영역' 과 자신의 모습이지만 스스로 인식하지 못하는 '무의식의 영역' 이 있습니다. 조하리의 창은 이것을 알기 쉽게 설명해 줍니다. 의식과 무의식은 각각 두 가지로 나누어지는데 먼저 의식의 첫 번째 영역은 내가 알고 남도 알고 있는 '열린 자아 영역' 입니다. 저는 무척 유쾌하고 유머러스한 성격을 갖고 있습니다. 제 주위 사람들도 저의

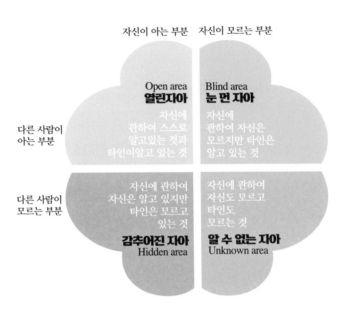

자신이 아는 부분　자신이 모르는 부분

다른 사람이
아는 부분

Open area
열린자아
자신에
관하여 스스로
알고있는 것과
타인이알고 있는 것

Blind area
눈 먼 자아
자신에
관하여 자신은
모르지만 타인은
알고 있는 것

다른 사람이
모르는 부분

자신에 관하여
자신은 알고 있지만
타인은 모르고
있는 것

감추어진 자아
Hidden area

자신에 관하여
자신도 모르고
타인도
모르는 것

알 수 없는 자아
Unknown area

이런 성격을 알고 있습니다. 이렇게 누구에게나 개방된
영역을 '열린 자아' 라고 합니다. 사람은 누구나 열린 자
아를 가지고 있습니다.

의식의 두 번째 영역은 나는 아는데 남들은 모르는 '감
추어진 자아 영역' 입니다. 나에 대해서 어떤지 자신은
알고 있지만, 남들은 이 사실을 모릅니다. 예를 들어 콤
플렉스가 그렇습니다. 콤플렉스라는 건 남들에게 알리

고 싶지 않은 부분이기에 의도적으로 숨기게 됩니다. 주위 사람들은 이 영역을 알기 어렵습니다. 열린 자아와 감추어진 자아는 내가 알고 있는 나의 모습 즉 '의식의 영역' 입니다.

3) 내 안에 무의식의 영역

이제는 무의식의 영역을 살펴볼까요? 무의식의 첫 번째 영역은 '눈먼 자아' 입니다. 자신에 관하여 자신은 모르는데 타인은 알고 있는 영역입니다. 저는 2년 동안 연애하고 결혼을 했습니다. 아내와 연애할 때 정말 많이 다퉜는데 그럴 때마다 아내가 저한테 많이 했던 말이 있습니다. "오빠는 진짜 이기적이야."라는 말이었습니다. 저는 이 말에 동의할 수 없었습니다. 그때 당시 저는 저에 대해 이기적인 사람이라고 전혀 생각하지 않았기 때문입니다. 아내가 그런 말을 할 때마다 "넌 진짜 날 몰라." 라고 화를 낼 때가 많았습니다.

하지만 10년이 지나 그때의 저를 돌아보니 전 굉장히 이기적인 사람이었습니다. 하지만 그때는 제가 그런 사람이라는 걸 전혀 모르고 살았습니다. 아내도 알고 있었고, 제 친구들도 알고 있는데 저만 몰랐던 것입니다. 혹시 여러분들 주위에 '저 사람은 왜 저렇게 자신을 모를까?'라는 생각이 드는 사람이 있으신가요? 제가 수많은 사람에게 이 질문을 했을 때 대부분 그런 사람이 주위에 있다는 답변을 했습니다.

회사의 한 리더가 자신은 굉장히 좋은 리더라고 스스로 생각하며 직장생활을 합니다. 팀원들은 전혀 그렇게 생각하지 않는데도 말입니다. 그렇게 평생을 직장 생활할 수 있습니다. 누가 알려주지 않고 본인이 누군가에게 물어보지 않는다면 말이죠. 자신을 깊이 관찰하지 않으면 알기가 어렵습니다. 나를 오랫동안 봐온 가족이나 친구, 직장 동료에게 내가 어떤 사람인지 솔직하게 말해달라고 질문하고, 들어보는 시간을 가져 보면 어떨까요?

긍정적인 평가, 부정적인 평가 모두 말입니다. 그중에 스스로 인정하는 부분이 있고, 어떤 부분은 '이건 나를 잘못 보는데?' 하는 부분도 있을 겁니다. 하지만 한 명이 아니라 여러 사람이 같은 이야기를 하고 있다면 그건 주위 사람들의 말이 맞을 가능성이 큽니다. 사람은 자기 자신을 객관적으로 정확히 보기가 어렵기 때문입니다.

부정적인 모습뿐만 아니라 긍정적인 모습의 눈먼 자아도 있습니다. 스스로 드러난 장점이 없다고 생각하는데 주위 사람들이 같은 장점들을 이야기한다면, '아, 나한테 이런 장점이 있구나.' 하고 받아들일 필요가 있습니다. 사람에겐 누구나 눈먼 자아가 존재합니다.

무의식의 두 번째 영역은 알 수 없는 자아입니다. 자신도 모르고 타인도 모르는 영역입니다. 제가 8주 동안 심리학 과정을 진행할 때 참석했던 어떤 여성분이 있었습니다. 그분은 제 강의를 들으며 자주 울음을 터뜨렸습니다. 강의 내용이 감동적이거나 슬픈 내용이 아닌데도 눈물을 흘리는 그 교육생이 전 너무 궁금했습니다. 3주 차 교육을 마치고, 전 그 교육생에게 강의를 들으며 왜 그렇게 많이 울었는지 물었습니다.

그 교육생은 6개월 전에 교통사고가 났는데 죽을 뻔했다가 살아났다고 말했습니다. '이제 나는 죽는구나.' 하고 생각했는데 살아나니까 모든 것이 새롭게 느껴지고, 새롭게 다가왔다는 것입니다. 특히 교육을 들을 때마다 몰랐던 자기 모습을 발견하면서 아주 큰 감동을 받았다고 했습니다.

"내가 이런 사람이구나… 나에게 이런 모습도 있구나"
그래서 강의를 들으면 눈물이 나온다고 했습니다.

중요한 건 사고 나기 전에도 그분은 그런 모습들을 이미 갖고 있었다는 것입니다. 그전에는 몰랐을 뿐. 원래 가지고 있는 모습이었습니다. 사고를 통해 몰랐던 자신의 모습을 깨닫게 된 것입니다. 이런 부분을 알 수 없는 자아라고 합니다.

우리에겐 이런 알 수 없는 자아가 많이 있습니다. 그래서 함부로 "나는 이런 사람이야.", "저 사람은 저런 사람이야!"라고 규정짓고 이야기하는 것은 위험할 수 있습니다.

나를 잘 알아간다는 것은 무의식의 영역이 줄어들고 의식의 영역이 넓어지는 것을 의미합니다.

02 몰랐던 나의 모습,
너의 모습 깨닫기

모르고 있던 나의 모습을 알게 되면 우리는 다른 삶을 살아갈 수가 있습니다.

1) 이해할 수 없는 내 모습의 이유

사계절 중 겨울이 되면 굉장히 예민해지고 까칠해지는 A 팀장이 있습니다. 추운 날씨가 되면 A 팀장은 더 예민하게 말하고 행동합니다. 이럴 때 부하 직원이 결재를 받으러 오면 꼬투리 잡힐 확률이 매우 높습니다. 이런 경우가 반복되면서 팀원들의 스트레스는 커져만 갔습니다. 몇몇 팀원들이 이 부분에 대해서 팀장에게 표현하기 시작했고, A 팀장도 자신에게 문제가 있다고 생각하게 됩니다. 본인도 날씨가 추워지기만 하면 더 예민해지고 짜증이 많아지는 이유를 알고 싶었습니다. A 팀장은 용기를 내어 심리전문가에게 자신의 이런 상황을 상담받게 됩니다.

상담이 진행되면서 A 팀장은 자신의 어린 시절을 깊이 탐색하게 되는데 그 과정에서 A 팀장은 자신이 겨울만 되면 까칠해지고 짜증을 내는 이유를 알게 됩니다. 어린 시절 A 팀장의 부모님은 친구들이 많이 사는 동네와 학교 사이에 작은 연탄 가게를 운영하였습니다. 나이가 어렸을 때는 잘 몰랐는데 3, 4학년쯤부터 창피함을 느끼기 시작했습니다. 친구들이 지나가다가 부모님의 연탄 묻은 까만 얼굴과 남루한 차림으로 연탄을 나르는 모습을 보는 게 너무 창피했던 것입니다. 그래서 어린 시절의 A 팀장은 친구들을 피해 무조건 한 시간 일찍 학교에 갔습니다. 그리고 수업이 끝나면 근처 놀이터에서 아이들이 모두 집에 갈 때까지 시간을 보내고 집으로 돌아갔습니다. 문제는 겨울입니다. 학교에 한 시간 일찍 가면 너무 추웠습니다. 하굣길에 놀이터에서 시간을 보낼 때도 마찬가지였습니다. 너무 춥고 고통스러웠지만 참았습니다. 추위의 고통이 친구들에게 놀림당하고 창피한 고통보다는 더 낫다고 생각했기 때문입니다.

이렇게 보낸 어린 시절의 겨울은 이 어린아이가 감당하기 참 힘든 시간이었을 것입니다. 시간이 지나면서 이 아이는 어른이 되었고, 잊고 싶었던 이 기억들은 무의식 저편에 숨겨놓았습니다. 하지만 억눌려져 있는 이때의 감정들과 사건의 흔적들은 겨울만 되면 자신도 모르게 여러 가지 이유 모를 짜증과 화로 올라오게 되는 것입니다. A 팀장은 상담을 통해 자신이 이런 이유로 겨울만 되면 까칠해지고 화가 난다는 걸 알게 됩니다. 이것을 '무의식의 의식화'라고 부릅니다. A 팀장은 그 후부터 겨울에 까칠해지고 짜증이 나는 자신의 모습이 나오려고 하면 생각합니다. 내가 이런 행동을 하는 건 지금 팀원의 부족한 행동 때문이 아니라 그때의 힘들었던 기억 때문에 짜증과 화가 나도 모르게 올라오고 그것 때문에 내가 까칠해지는 것이라고 의식하는 겁니다.

이렇게 나의 행동의 원인을 정확히 아는 것만으로도 많은 변화를 이룰 수 있습니다. 물론 사람이 의식한다고 해서 모든 걸 통제할 수 있는 것은 아니지만, 사람은 의식의 영역에 있는 것만 통제할 수 있지 무의식 영역에 있는 것은 통제 자체가 불가능합니다. 원인을 아는 상태에서 괴로운 것과 내가 왜 이런지 모르는 상태에서의 괴로움은 강도 자체가 다릅니다.

2) 무의식으로 인한 잘못된 리더십

어느 회사의 B 부장이 있습니다. B 부장은 여성 리더로서 정말 열심히 일해 왔고 바르게 살아가려고 하는 성실한 분이었습니다. 그런데 B 부장은 키 큰 남자들에게 유독 좋은 평가를 합니다. 인사고과를 할 때도 키가 크면 더 좋은 평가를 했습니다. 반대로 키가 작은 사람에게는 부당한 결과를 내리는 경우가 많았는데 본인은 잘 의식하지 못했습니다. 불평불만이 계속 들어오고 나서 자신의 이런 모습을 진지하게 생각하게 되었습니다.

도대체 B부장에게는 무슨 일이 있어서 키 큰 남자에게

유독 후한 평가를 하는 걸까요? 물론 본능적으로 키 큰 남자를 좋아하는 여성분들이 많지만, B 부장의 경우 유독 심했던 겁니다. B 부장에게 무슨 일이 있었던 걸까요?

B 부장의 집은 아주 화목한 가정이었습니다. 보통은 고통스러운 과거의 경험이 현재의 건강하지 못한 행동을 만들 때가 많은데 이분은 좀 다른 케이스였습니다. B 부장은 어린 시절부터 아빠에게 아주 큰 사랑을 받으며 자랐습니다. 오빠도 여동생을 끔찍이 사랑하고 챙겨줬습니다. B 부장은 어린 시절부터 이상형이 아빠와 오빠를 합쳐 놓은 사람이었습니다. 거기다가 아빠와 오빠 둘 다 사회에서 인정받는 전문직이었습니다. 결정적으로 아빠와 오빠는 둘 다 190cm에 가까운 큰 키를 갖고 있었습니다. 이제 B 부장에게 왜 이런 행동들이 나오게 됐는지 이해가 되시나요?

B 부장은 이런 아빠, 오빠와 오랜 시간을 함께하면서 자신도 모르게 키가 큰 사람은 좋은 사람, 능력 있는 사람이라는 공식이 형성되어 있던 것입니다. 이런 영향으로

행복한 가족사진

엄마 오빠 어린시절 나 아빠

190
180
170
160
150

키큰사람 = 능력이 좋음
능력이 좋은사람 = 키가큼

인해 구성원에 대해 평가를 할 때 키가 크면 다른 사람보다 훨씬 더 능력 있고 좋은 사람으로 평가하는 것이었습니다. 정작 본인은 의식하지 못했습니다. 반대로 키가 작으면 능력이 떨어지고 무능하다고 인식했습니다.

이런 자신의 마음을 깨닫게 된 이후로 B 부장은 키 큰 남자를 평가할 때 내가 이 팀원에게 좋은 평가를 하는 건 이 사람이 능력이 좋아서가 아니라 아빠와 오빠에 대한 행복한 기억 때문에 나도 모르게 평가가 좋게 나가는 거라고 의식하면서 최대한 공정하고 객관적으로 평가를 하려고 노력하게 되었습니다. 이렇게 의식하고 행동을 바꾸려는 연습을 꾸준히 해나가며 이런 자신의 모습에서 조금씩 변해가기 시작했습니다.

프로이트는 이렇게 무의식을 의식화하는 것이 인생에서 너무나 중요하다고 강조하였습니다.

03 자아를 건강하게 만들기

인간관계를 잘하는 사람들은 건강한 자아를 갖고 있습니다 건강한 자아가 되려면 건강한 욕구와 건강하지 않은 욕구를 구별해서 행동해야 하고 다양한 욕구의 균형을 맞추는 것이 중요합니다.

1) 건강한 자아는 무엇일까?

프로이트는 우리의 마음을 3가지 구조로 보았습니다. 바로 자아, 원초아, 초자아입니다. 자아는 우리 마음에서 이성적이고 합리적으로 어떤 상황들을 판단하고 행동하는 기능을 수행합니다. 원초아는 원초적인 본능을 다루는 마음의 영역입니다. 배고파! 먹고 싶어, 졸려! 자고 싶어. 저 사람이 나를 화나게 해! 때리고 싶어. 등등 이렇게 마음에서 일어나는 본능에 충실한 마음들이 나타나는 영역입니다.

모든 사람의 마음에 원초아만 있다면 세상은 너무 혼란스러워지겠죠. 다행히 우리 안에는 원초아를 제어할 수 있는 영역이 있는데 바로 '초자아'라는 영역입니다. 초자아는 양심과 사회적인 규범, 남들이 나를 어떻게 보는지를 충실히 따르는 영역입니다. 초자아는 이 세 가지를 기준으로 '자아'에게 명령들을 내립니다. 자아는 원초아와 초자아 사이에서 합리적인 결정을 해야 합니다. 하지만 원초아와 초자아가 상반된 욕구들을 동시에 자아에게 명령을 할 때가 많으므로 심한 갈등의 상황에 놓일 때가 많습니다.

일상생활에서 일어날 수 있는 예를 들어볼까요? 다음의 상황에서 여러분들의 자아는 원초아의 욕구를 들어줄 것 같은지, 초자아의 욕구를 들어줄 것 같은지 선택해보시죠.

여러분들이 오전 9시에 시작하는 교육을 듣기 위해 교육장으로 갔습니다. 그런데 도착하니 7시 30분입니다. 교육장 근처에는 편의점도 없고 교육장 안 매점도 문이 닫혀 있습니다. 여러분은 전날 저녁도 못 먹고, 오늘 아침도 못 먹어서 너무나 배가 고픈 상태입니다. 그런데 강의장 한쪽 구석 자리에 가방이 하나 있고 나보다 먼저 온 사람 있습니다. 그리고 그 책상 위에 빵이 하나 놓여있습니다. 그리고 빵 주인은 잠깐 어디를 간 것 같습니다.

원초아는 그 순간 뭐라고 자아에게 말할까요? "먹어! 배고프잖아! 너 욕구부터 채워야지!"라고 할 것입니다. 그때 초자아가 말하죠. "야, 네가 짐승이야? 이건 아니잖아! 그 정도도 못 참아?" 여러분은 이런 상황이라면 어떤 선택을 하실 것 같나요? 아마 대부분의 사람들은 초자아의 욕구를 선택할 것입니다. 원초아의 욕구는 너무나 양심에 거리 끼기 때문이죠. 만약 이런 상황에서 원초아의 욕구를 선택하신 분이 있다면 자신의 삶에 대해 진지하게 고민해 보셔야 할 것 같습니다.

이 정도는 자아가 크게 갈등하지 않을 것입니다. 하지만 우리 삶은 이것보다 훨씬 더 어려운 갈등 상황에 놓이는 자아를 자주 경험하게 됩니다.

2) 심각하게 갈등하는 자아

C 양은 연애 7년 차입니다. 7년 정도 사귀면 남자친구를 만날 때마다 설레고 두근거리는 마음이 생기기는 쉽지 않겠죠. C 양도 남자친구에게 설레는 감정은 사라진 지 오래입니다. 가끔 습관적으로 만나는 느낌이 들어 이런 마음으로 연애해도 되나 싶은 마음이 들었던 적도 있습니다. 하지만 두 사람은 연애 기간이 길어지면서 서로 결혼이야기가 나오고 있는 상황입니다. 그런데 어느 날 C 양의 사무실에 경력직 대리님이 새로 입사했는데 들어오는 순간 외모가 C 양의 이상형인 겁니다. 그때 원초아가 자아에게 이야기합니다. "와~ 저런 남자하고 한번 사귀어 봤으면⋯." 이때 초자아가 이야기합니다. "야, 너 남자친구 있는 사람이 그런 생각하는 거 아니야. 정신 차려! 얘가 진짜 왜 이래!"

그런데 시간이 지나면서 이 대리님하고 가까워지고 서로에게 호감이 있다는 걸 알게 됩니다. 남자친구에 대한 감정이 메말라 가는 상황에서 자기만 바라보고 결혼까지 생각하고 있는 남자친구를 생각하면 마음이 너무 괴롭습니다. 이렇게 1년 정도 지나면 자아는 심한 갈등에 빠집니다. 그때 원초아가 이야기합니다. "야, 그냥 헤어져 새로운 사랑을 시작해!" 그때 초자아가 이야기합니다. "야, 너 취업하기 전부터 너의 편이 되어 주었던 남자친구한테 정말 그럴 거야?"

여러분들이 이런 상황이라면 어떤 선택을 할 것 같으신가요? 1번 원초아의 욕구를 따라 새로운 사랑을 시작한다. 2번 아니야. 그럴 수 없어. 이런 상황에서 새로운 사랑을 시작할 순 없어. 괴롭지만 그냥 이 남자친구랑 결혼까지 간다.

1번? 2번? 이것은 특별한 정답이 있지 않습니다. 저는 옳고 그름에 관해 이야기하는 것이 아닙니다. 이성적인 관계로 예를 드니까 자아가 참 힘들다는 게 잘 느껴지시

죠? 이성적인 문제가 아니어도 우리는 살면서 다양한 영역에서 이런 내적 갈등을 끊임없이 반복합니다.

D 군은 정말 치열하게 공부해서 엄청난 경쟁률을 뚫고 대기업에 입사했습니다. 행복한 일들만 펼쳐질 것 같았지만 현실은 기계같이 일만 하게 됐죠. 6개월 정도 지났을 때쯤 원초아가 자아에게 한마디 합니다. "야, 이건 아니잖아! 너 이렇게 살려고 그렇게 열심히 공부했어? 그만둬! 새로운 거 도전해! 이건 너가 원하는 삶이 아니야!" 그 순간 초자아도 자아에게 말합니다 "야, 엄마 아빠가 너 대기업 입사했다고 얼마나 좋아하시는데… 주위에서 다 부러워하는 거 몰라? 그냥 다녀. 즐거운 직장이 어딨어? 직장생활 다 그런 거야."
이 자아는 고민합니다. 이런 고민을 하다가 실제로 원초아의 욕구를 듣고서 그만두는 신입사원들이 꽤 있습니다. 그리고 어떤 사람은 초자아의 욕구를 듣고 이건 아닌 것 같은데 하면서도 쭉 회사에 다닙니다. 이렇게 자아는 우리 삶의 다양한 영역에서 원초아와 초자아의 욕구 사이에서 많은 갈등을 겪으면서 살아가게 됩니다.

3) 건강한 자아로 살아가는 방법

여러분들은 원초아의 욕구를 많이 들어주는 것이 건강한 삶이라고 생각하시나요? 아니면 초자아의 욕구를 많이 들어주는 것이 건강한 삶이라고 생각하시나요? 프로이트가 말한 건강한 자아란 무엇일까요? 보통 한 사람의 인생은 원초아와 초자아의 욕구 중 한 가지 욕구를 더 많이 듣고 행동하면서 살아가는 경우가 많습니다.

먼저 초자아의 욕구를 많이 들어준 사람들의 삶을 보면 그런 사람들은 성실한 사람, 모범적인 사람으로 살아갑니다. 그리고 주위 사람들에게 좋은 사람이라는 평가를 받는 경우가 많습니다. 하지만 초자아의 지배를 당하는 사람들은 진짜 행복하게 살기가 쉽지 않습니다. 왜냐하면 자신이 원하는 것을 대부분 안 하고 살아가니까요. 내가 원하는 것보다 늘 다른 사람들이 원하는 것을 우선에 두기 때문이죠. 또한, 생기발랄하게 살기가 쉽지 않습니다. 진짜 생기발랄함은 내가 원하는 것들을 할 때 나타나게 됩니다.

그럼 원초아의 욕구를 많이 들어주는 사람이 건강한 삶을 사는 것일까요? 원초아의 욕구가 강하고 또 그 욕구대로 많이 살아왔던 사람은 어떨까요? 그들은 행복감이 높은 경우가 많습니다. 늘 내가 하고 싶은 것들을 우선 선택해서 살아왔기 때문입니다. 그러므로 생기발랄한 모습으로 살아갈 때가 많다습니다 하지만 이런 삶에도 문제는 있습니다.

원초아가 강한 사람들은 가까운 사람들에게 상처를 많이 준다는 것입니다. 결혼한 지 얼마 안 된 남편이 일할 땐 일에 대한 성취 욕구가 높아서 자신이 스스로 자처해서 야근할 정도로 열심히 일합니다. 그리고 주말 아침이 되면 아내는 아이들 돌보느라 지쳐있는데도 낚시 가방을 딱 메고 나갑니다. 그 모습을 보고 아내가 얘기합니다. "여보, 주말에는 애들 돌보는 거 좀 도와줘요." 하지만 남편은 이렇게 이야기합니다. "난 내가 하고 싶은 거 해야 해."

저 또한 원초아가 강한 사람입니다. 그래서 하고 싶은

공부들, 배워야 하는 것들이 있으면 뒤도 안 돌아보고 달려듭니다. 제가 심리학 공부에 깊이 빠졌들었을 땐 제 아내가 육아로 힘들어했던 시기와 맞물려 있었습니다. 저의 욕구를 채우느라 아내의 욕구는 항상 우선순위에서 밀려있었죠. 그 시기 아내가 느꼈던 마음의 고통은 아마 말로 표현하지 않아도 잘 아시리라 생각됩니다.

나는 행복한데 주위 사람은 고통받는 삶, 이것도 건강한 삶이라고 보기는 어렵습니다.

4) 욕구의 균형 맞추기

자, 그럼 어떻게 해야 할까요?

정답은 '균형'입니다. 균형 있는 삶을 산다는 건 원초아의 욕구를 무시하지 않으면서, 초자아의 욕구도 존중해주는 것입니다. 여러분들 종이 한 장을 준비해주시고 그 종이 안에 원초아의 욕구에 귀를 기울여서 어떻게 살고 싶은지, 어떤 것을 원하는지, 직장생활에서는 어떤 것들을 경험하고 싶은지, 원초아의 욕구를 전부 적어보세요. 내가 진짜 원하는 것, 정말 나를 생기 있게 만드는 일들을 적으시면 됩니다.

다 적으셨다면 그 목록들을 잘 살펴 보시면서 그 중에 누군가에게 피해를 주는 것, 내 양심에 거리끼는 것, 사회적으로 용납받지 못할 욕구들이 있다면 그런 것들을 다 지워 보세요. 사람들에게 욕구라는 단어가 주는 느낌이 어떤지 물어보면 부정적인 느낌이 든다고 이야기하는 분들이 많습니다. 그것은 우리가 양심에 거리끼고 사회적으로 용납받지 못할 욕구들을 많이 떠올리며 살기 때문입니다.

우리 안에 욕구 중에는 위 세 가지에 해당하지 않는 건강한 욕구가 있습니다. 또한, 누군가를 행복하게 만들어주는 욕구들도 있습니다. 여러분들이 쓴 욕구 중에 양심에 거리끼는 것, 누군가에게 피해를 주는 것, 사회적으로 용납되지 않는 것을 제외하고 난 후의 욕구들 중에서 우선순위를 정해서 행동해 보세요. 이것이 건강한 자아를 만드는 방법입니다.

여기서 기억할 건 초자아의 욕구에 많이 지배당한 사람이라면 원초아 욕구에 더 많이 귀 기울일 필요가 있다는 것입니다. 오랫동안 원초아의 욕구를 무시하고 초자아의 욕구만 들어주는 삶을 살았다면 이것에 균형을 맞추기가 쉽지 않을 것입니다. 그러므로 의식적으로 원초아의 욕구에 귀 기울이는 노력을 해야 균형이 맞추어지는데 도움이 됩니다.

반대로 저처럼 원초아의 욕구를 많이 들어주며 살아왔던 사람들은 초자아의 욕구를 좀 더 존중해 줄 필요가 있습니다. 주위 사람들은 어떤 욕구가 있는지 살펴보는 연습이 필요합니다. 이렇게 자신의 상황에 맞게 조절을 해야 건강하고 균형 잡힌 자아를 형성할 수 있습니다. 원초아를 존중하고 행동하되 그 중 양심에 거리끼고, 누군가에게 피해 주고, 사회적으로 용납받지 못할 욕구들은 제외하고 실천하는 삶! 그렇게 인생을 산다면 여러분들의 삶은 에너지 넘치고 생기발랄하고 행복에 가까울 것입니다. 또 그 욕구 중에 누군가에게 행복을 주는 욕구가 더해진다면 이 세상은 더 아름다워질 것입니다.

성숙하고 행복한 삶을 사는 사람들은 자신만의 행복이 아닌 다른 사람들과 함께 행복해지는 욕구들을 갖고 실천하는 사람들입니다.

너가 힘들다고
주위 사람까지
힘들게 하지마!

**나와 너의 성공과 실패를
만드는 방어기제**

George E. VaillanT

George E. Vaillant

조지 베일런트

- 1934 출생
- 하버드 대학교 정신건강의학 교수
- 브리검 여성병원 정신의학분과 소장
- 성인 발달 연구 총 책임자

조지 베일런트는 방어기제를 넓고 깊게 연구한 심리학자
입니다. 우리는 누구나 다 인생의 어려
움을 마주합니다. 그 과정에서 어떤 방어기제를 사용하느냐는 성공
적인 삶과 실패하는 삶의 갈림길에서 아주 중요한 역할을 합니다.

01 어려움에 대처하는 다양한 사람들의 모습들

George E. Vaillant

사람마다 삶의 어려움을 대하는 태도가 다릅니다. 그리고 그 태도는 인생의 중요한 갈림길을 만들어 냅니다.

1) 성공과 실패의 갈림길

하버드 대학의 엘리트 졸업생들을 대상으로 80년간 추적 조사한 '그랜트스터디' 라는 유명한 연구가 있습니다. 졸업 후 모두가 성공할 것만 같았던 엘리트들이었지만, 놀랍게도 30%는 사회적으로 실패한 삶을 사는 결과가 나왔습니다. 그랜트스터디를 통해 밝혀진 내용들은 이렇습니다.

＊ 첫 번째는 성공적인 삶은 분명하게 존재한다는 것입니다.

＊ 두 번째는 한두 가지 불행한 사건이 인생을 결정 짓지는 않습니다.

＊ 세 번째는 고통스러운 문제에 어떻게 대응하느냐가 행복한 삶에 결정적인 영향을 끼칩니다.

＊ 네 번째는 성공적인 삶을 사는 사람들은 성숙한 방어기제를 사용했다는 것입니다.

여기서 말하는 방어기제는 무엇일까요?

인생을 살아가다 보면 좋은 일만 마주하지 않습니다. 어렵고, 힘들고, 짜증 나고, 고통스럽고, 화가 나는 수많은 일을 겪게 됩니다. 이렇게 자아가 고통스러워지는 상황이 생길 때 스스로 자신을 보호하기 위해 마음에 나타나는 여러 가지 현상을 '방어기제'라고 합니다. 사람마다 인생의 어려움 앞에서 사용하는 방어기제는 다릅니다. 방어기제는 크게 3가지로 나눌 수 있습니다.

첫 번째는 아이처럼 행동하는 미성숙한 방어기제입니다. 삶의 어려움 앞에서 마음이 철없는 아이 같이 되는 것입니다. 우리는 살면서 힘든 상황에서 철없는 아이처럼 말하고 행동하는 어른들을 종종 볼 때가 있습니다.

두 번째는 신경질적으로 행동하는 미성숙한 방어기제입니다. 힘들고 어려운 현실 앞에서 짜증 내고, 신경질 부리는 행동을 자주 하는 사람들을 말합니다. 그런 사람들과 함께하면 큰 스트레스를 받습니다.

세 번째는 성숙한 방어기제입니다. 성공적인 삶을 살았던 사람들은 삶의 고통 앞에서 이것을 사용했습니다. 아이처럼 굴지 않고 짜증과 신경질로 자신과 주위 사람들을 힘들게 하지 않습니다. 그들은 삶의 어려움을 성숙하고 건강하게 극복해 나가는 마음의 전략들을 갖고 있습니다.

02 어린아이와 같이 자아를 보호하는 사람

George E. VaillanT

삶의 어려움 앞에 철없는 아이처럼 마음이 반응하는 사람들이 있습니다. 그들은 자신과 타인의 삶을 어렵게 만듭니다.

1) 너의 마음인지 나의 마음인지 모르겠어

시련을 겪고 연인에 대한 분노로 가득 찬 한 남자가 있습니다. 엎친 데 덮친 격으로 하는 일마다 잘되지 않아, 날 이렇게 만든 것 같은 그녀와 세상에 대한 분노를 품고 있었습니다. 어느 날 길을 지나가다 누군가와 어깨를 살짝 부딪쳤습니다. 그러자마자 갑자기 상대방을 마구 때립니다. 경찰서에 간 남자는 왜 때렸냐는 경찰들의 질문에 이렇게 대답했습니다.

"저 사람 눈빛에서 날 죽이려는 분노와 살기를 봤습니다."

이건 거짓말이 아닙니다. 정말 그렇게 보였을 것입니다. 하지만 그 살기와 분노는 상대방이 아닌 자기 안에 있던 것입니다. 이것을 심리학에서는 '투사'라고 합니다. 투사는 내 마음인데 이것이 상대방의 마음이라고 믿고 사는 미성숙한 방어기제 중 하나이고, 현대인들이 많이 사용하는 방어기제이기도 합니다.

직장인 B 씨는 오랫동안 일터에서 스트레스받아온 일이 있습니다. 그것은 직장상사 A 씨가 이유 없이 자신을 싫어한다는 것입니다. 직장상사의 눈빛, 태도, 말투에서 B 씨는 그런 것들을 크게 느껴왔습니다. 그래서 B 씨는 팀끼리 식사할 때도 A 씨와 최대한 멀리 떨어져서 식사하려고 했고, 보고 상황에서도 빨리 보고만 마치고 대화를 끝내려 했습니다.

나를 싫어하는 상사 A 씨도 자신과 함께하면 불편해할

것 같아 스스로 그런 선택들을 많이 했습니다. 그런데 이상한 건 주위에 있는 동료들은 상사 A 씨가 B 씨를 싫어한다는 느낌을 전혀 받지 못한다는 것이었습니다. 무엇이 진짜일까요?

사실 직장상사 A 씨는 B 씨를 싫어하지 않았습니다. 다른 후배 사원들과 크게 다르지 않게 대했죠. 오히려 직장상사를 싫어한 건 B 씨였습니다.

하지만 너무나 심성이 착했던 B 씨는 자신이 직장상사를 싫어한다는 것을 스스로 받아들이기 힘들었습니다. 그래서 B 씨의 약한 자아는 상사가 자신을 싫어하는 것으로 마음을 왜곡시켜 버림으로써 자신의 양심에 가책도 덜 받고 직장상사를 피하는 자신의 행동도 합리화했습니다. 결국, B 씨는 내가 직장상사를 피하는 이유는 그 상사가 나를 싫어해서라고 생각하는 것입니다.

2) 내가 견디기 힘들어하는 감정을 상대방에게 던져 버리는 사람들

우리는 살면서 내 양심이 허락하지 않는 많은 감정과 생각을 경험할 때가 있습니다. 그런 상황에서 사람은 죄책감을 느끼게 되는데 죄책감은 보통의 사람들이 매우 견디기 힘들어하는 감정입니다.

그런 감정들이 더욱더 커질 때 이 현실을 견디기 힘들어하는 자아가 마음속에서 벌이는 무서운 일이 그 마음을 누군가에게 투사 시켜 상대방이 그런 마음과 생각을 하고 있다고 믿고 살아가는 것입니다. 그렇게 되면 우리의 마음은 양심의 가책도 덜 받고 죄책감에서도 자유로울 수 있습니다.

사람은 자기한테 있는 너무나 싫은 부분을 다른 사람에게서 볼 때 그 사람이 미워지는 현상이 있습니다. 키가 너무 작아서 스트레스인 사람은 자신처럼 작은 사람에게 불호의 감정이 생기고, 이기적인 자신의 모습이 싫을 때 너무나 이기적인 다른 사람을 보면 치가 떨리게 그 사람이 싫을 때가 있는 것이죠. 바로 상대방에게서 자신을 보는 것입니다.

사람은 자기 안에 담긴 대로 세상을 보게 되어있습니다. 내가 기분이 한없이 좋을 땐 세상이 다 좋아 보이고 화와 짜증으로 마음이 가득할 땐 세상이 다 안 좋게 보입니다. 방어기제는 나의 마음을 보호하는 전략이기 때문에 그것을 알고 깨뜨린다는 것은 두려운 일입니다. 하지만 나와 주위 사람들을 괴롭게 만드는 방어기제라면 그것을 의식하고 변화시키는 것이 중요합니다. 그럼 이런 투사를 자신이 사용하고 있는지 어떻게 알 수 있을까요? 내가 투사를 사용하는지, 주위 사람이 투사를 사용하는지 알 수 있는 중요한 방법이 있습니다.

그것은 바로 반복성입니다. 다르게 말해 투사를 사용하는 사람은 패턴이 형성된다는 것입니다. 나에게 반복되는 어떤 일이 있나요? 내가 아끼는 주위 사람이 인간관계 속에서 반복된 문제로 힘들어하나요? 직장을

사람은 자기 안에 담긴 대로 세상을 보게 되어있습니다

옮길 때마다 직장상사가 나를 미워하는 것 같나요? 이런 일들이 반복된다면 내 마음을 상대방에게 투사하는 것은 아닌지 살펴볼 필요가 있습니다. 거기서 더 나아가 믿을만한 사람들에게 현실검증을 할 필요가 있습니다. 현실검증이란 정말 내 생각이 맞는 것인지 주위 사람들에게 물어봐서 확인하는 것입니다. 하지만 자아가 건강하지 못하다면 그런 현실검증을 할 가능성은 매우 낮아집니다.

3) 이별 후 자살 그 숨겨진 심리

2016년 10월 11일 영국에서 실제 벌어진 일입니다. 에르도간이라는 22살 남자가 여자친구와의 이별 후에 자살을 페이스북에서 생중계한 충격적인 사건이 벌어집니다. "내가 자살한다고 했을 때 아무도 믿어 주지 않았다. 똑똑히 지켜봐."라는 말과 함께 총으로 자신의 복부를 향해 방아쇠를 당깁니다.

이런 일은 한국에서도 일어납니다. 2018년 3월 13일 새

벽 2시 30분 청주시 한 아파트에서 벌어졌습니다. 15층 난간에 20대 초반으로 보이는 여성이 베란다에 매달려 자살을 시도했습니다. 남자친구와의 이별로 고통스러워하던 여성은 자살 직전에 현장에 도착한 남자친구와 경찰관들의 설득으로 구조됩니다. 자살할 만큼 이별의 고통이 그렇게 컸던 것일까요? 표면적인 이유는 이별의 고통이지만 본인도 몰랐던 진짜 원인은 이렇습니다.

나에게 상처를 안긴 남자친구에게 달려가 때리고, 욕하고, 그 이상의 끔찍한 행동도 생각해보지만, 현실은 그럴 수 없기에 자신의 삶을 완전히 지워버리는 자살을 통해 남자친구의 인생을 괴롭히는 것입니다. 누군가 나 때문에 죽었다는 죄책감은 그 사람을 평생 힘들게 할 테니까요. 이런 현상을 심리학에서는 소극적 공격이라고 합니다. 자신을 희생시켜서 상대방을 괴롭히는 미성숙한 방어기제입니다.

상대방에게 복수하려고 자살한 것이지만 무의식적으로 일어나는 행동이기에 스스로는 그 이유를 알 수 없습니다. 이런 일들은 평범한 연인 사이에서도 벌어집니다.

예고 없이 남자친구와의 데이트를 취소하고, 밤늦게 남자 친구를 만날때면 마늘을 먹고 양치를 하지 않고 나가거나 샤워를 하지 않고 나감으로써 남자친구를 미워하는 마음을 자신을 망가뜨리는 방식으로 표현을 하는 것입니다.

직장에서는 안 벌어질까요? 능력이 뛰어난 사원임에도 불구하고 자신의 능력을 발휘하지 않는 것, 자신이 일을 열심히 하면 팀장이 득을 볼 게 뻔해 자신의 능력을 발휘하지 않게 되는 것이죠. 이 남자 안에는 팀장에 대한 미움이 있었던 것입니다.

혹시 하면 안 되는 행동인 줄 알면서도 하는 잘못된 행동들이 있나요? 그렇다면 내가 그런 행동을 했을 때 가장 고통받을 사람이 누군지 떠올려 보시기 바랍니다. 혹시 그 사람이 너무 미워서 그런 건 아닐까요? 소극적 공격을 줄이려면 누군가를 미워하는 마음을 잘 관리해야 합니다. 그렇지 않으면 자신도 모르게 자신을 공격할 가능성이 커지기 때문입니다.

4) 그 사람만 만나면 왜 두통이 시작될까?

29살 J 양이 있습니다. 어린 시절부터 건강한 체질로 잔병치레도 잘 하지 않았던 J 양인데 요즘 들어 부쩍 아픈 날이 많습니다. 두통도 심하고 소화도 잘되지 않고 거기다가 몸 상태가 전체적으로 좋지 않은 날이 많아서 병원에 가봤는데 특별한 원인을 찾을 수 없었습니다. J 양은 일주일 중 매일 아픈 것은 아니었습니다. 유독 아픈 날들이 있었는데 그건 남자친구를 만나는 날이면 유독 몸이 안 좋아지는 것입니다.

5년 정도 사귄 남자친구는 무뚝뚝한 면이 많았습니다. J 양이 직장생활로 힘든 일들을 이야기하면 위로해 주기보다 네가 더 잘하면 된다는 식으로 툭툭 내뱉는 경우가 많았습니다. 이런 일들이 반복되면서 많은 상처를 받았고 시간이 지날수록 서운함, 미움, 짜증 등이 J 양 안에 쌓여 갔습니다.

남자친구와 헤어지고 싶었지만 차마 그 말을 할 수가 없었습니다. 남자친구 때문에 마음이 힘들어질 때마다 이별을 말해야겠다고 결심했지만, 남자친구 앞에 서면 그 말이 입에서 떨어지지 않았습니다. 그때부터 남자친구와 만나면 몸이 아프기 시작했습니다.

J 양은 미성숙한 방어기제 중 하나인 '신체화'를 사용하고 있습니다. 신체화는 외로움이나 분노, 미움, 불편함, 짜증, 화 등의 심리적인 갈등을 신체적인 증상으로 호소하는 것을 말합니다.

여러분들 꾀병 부려보신 적 있으신가요? 한 번쯤 있으실 텐데요. 여러분은 왜 꾀병을 부리셨나요? 보통 사람들은 하기 싫은 일을 앞두고 꾀병을 부릴 때가 많습니다. 저는 고등학교 때 오후 수업을 너무 듣기 싫어서 화장실 안 라디에이터에 머리를 대고 바로 담임 선생님께 달려가 열이 많이 난다고 꾀병을 부린 적이 있습니다. 선생님이 이마에 손을 대보시고 바로 집에 가라고 하셨죠.

꾀병은 누군가에게 관심받고 싶어서 부리는 예도 있습니다. 늘 둘째만 신경 쓰는 엄마에게 화가 나서 첫째가 꾀병을 부리며 아프다고 드러누우면 그 시간만큼은 엄마의 관심과 사랑을 더 받을 수 있는 것처럼요. 하지만 아이만 이런 꾀병을 부리진 않습니다. 사랑에 갈급한 어른도 이런 이유로 꾀병을 부릴 수 있습니다. 이 꾀병이 무의식적으로 일어나면 신체화가 됩니다. 꾀병은 안 아픈데 아픈 척하는 것이고, 신체화는 진짜 아픈 것입니다.

5) 직장에서 나타나는 신체화

직장인들도 신체화를 사용하는 사람들이 꽤 많습니다. D 대리는 H 과장과 식사할 때면 소화가 잘 안 됩니다. 다른 사람들과 식사할 때는 그러지 않는데, H 과장과 밥을 먹는 날이면 소화가 잘 안 되는 것입니다. 왜 그런지 이제 감이 오시나요? H 과장에 대한 심리적 갈등이 신체적인 증상으로 나타나는 것입니다. D 대리의 신체화는 큰 프로젝트를 앞두고도 일어납니다. 큰 프로젝트가 시작되기 전날 심한 고열에 시달립니다. D 대리 안에 이 프로젝트를 잘할 수 있을지에 대한 두려움이 너무 컸고, 프로젝트를 함께하고 있는 동료와도 관계에 어려움이 있었습니다.

문제는 이 신체화가 무의식적인 현상이라 D 대리는 이런 이유로 아프다는 것을 모른다는 것입니다 "나 요즘 왜 이렇게 몸이 자주 아프지?"라고 스스로 아리송한 질문만 던질 뿐입니다. 여러분들 주위에 신체화를 사용하는 사람이 있나요? 그 사람을 보며 꾀병 아니야? 라고 생각하면 안 됩니다. 꾀병은 아픈 척하는 것이지만, 신체화는 진짜 아픕니다. 그 사람을 도와주고 싶다면 어떤 스트레스를 겪고 있는지 탐색해 보고 도와줄 수 있는 부분은 도와주는 것이 필요합니다.

무엇보다 그들의 이야기를 함께 느끼면서 들어주는 것이 효과적입니다. 혹시 본인이 신체화를 자주 사용한다는 것을 발견한다면 자신의 건강을 돌보는 데 주력하셔야 합니다. 마음의 어려움이 몸으로 나타나기 때문에 마음을 관리하는 것과 동시에 몸을 다스리는 것도 중요합니다. 다양한 건강관리법, 스트레스 관리법들을 공부하는 것도 효과적입니다.

03 신경질과 짜증이 많은 사람들

George E. Vaillant

삶에 어려움 앞에서 알 수 없는 짜증과 화가 자주 밀려오는 사람들이 있습니다. 왜 그런 일이 일어나는 걸까요?

1) 견디기 힘든 현실을 기억 너머로 던지기

엄마는 딸과의 대화 도중 남편에 대한 서운한 점을 이야기합니다.

"너희 아빠 참 무심해. 그래서 엄마가 속상한 게 많아."

딸은 엄마가 이해되면서도 자신만은 너무나 아껴주었던 아빠를 생각하며 엄마에게 이렇게 말합니다. "그래도 아빠가 나한테는 참 따뜻하게 잘해 주셨어 어렸을 때부터…." 그런데 엄마가 그 말을 듣고 이런 이야기를 합니다. "맞아, 아빠가 참 너를 끔찍이 아꼈지. 그런데 그런 너도 아빠한테 한번 맞은 적 있잖아. 중1 때 아빠한테 뺨 맞고 엄마 앞에서 한참 울었잖아."

이 이야기에 딸이 이렇게 말합니다 "내가 아빠한테 뺨을 맞았다고? 무슨 소리야? 내가 아빠한테 맞았다니. 나 그런 적 없어 엄마." 엄마가 말합니다. "얘가 뭐래? 너 기억 정말 안나?" 딸은 그런 기억이 없습니다. 자, 지금 엄마와 딸 둘 중 한 명은 거짓말을 하고 있습니다. 여러분은 누가 거짓말을 하는 것 같나요?

사실을 이야기하는 건 엄마입니다. 중1 때 이 딸은 실제로 아빠에게 뺨을 맞은 사건이 있었습니다. 그런데 왜 이 딸은 이런 거짓말을 하는 걸까요? 사실 딸은 거짓말을 하는 것이 아닙니다. 정말로 기억이 나지 않는 것입니다. 어린 시절부터 너무나 아끼고 사랑해 주었던 아빠가 뺨을 세차게 때렸을 때 딸은 큰 충격을 받았을 것입니다. 그리고 아빠가 나를 때렸다는 이 사실을 받아들이기 힘들었을 것입니다. 또한, 중1이라는 감수성이 풍부한 나이에는 더 그랬을 가능성이 큽니다. 아빠가 나를 때렸다는 사건이 떠오를 때마다 딸의 자아는 견디기 힘든 고통을 겪습니다. 삶을 살아가기 힘들 정도로……

이런 상황에서 자아는 이 사건을 무의식 저편에 던져 버리고 이 일을 없었던 것처럼 살아갈 수 있습니다. 그래야 현실을 살아 낼 수 있으니까요. 이렇게 자신이 견디기 힘든 현실의 일들을 무의식 저편에 던져 버리고 이런 일이 없었던 것처럼 살아가는 마음의 현상을 '억압'이라고 합니다. 대표적인 신경증적 방어기제입니다. 그런데 왜 억압을 하면 신경질이 많이 날까요?

2) 나도 모르게 짜증이 나는 진짜 이유

어느 날 아빠가 퇴근해서 집에 들어오면서 말합니다. "애들아, 아빠 왔다." 방에 있던 딸은 혼자 이렇게 말합니다 "아빠, 저 말투 짜증 나!" 옆에 있던 동생이 한마디 합니다 "누나, 저 말투가 짜증 나?" 딸이 대답합니다 "응, 갑자기 짜증 나네."

아빠에 대해 좋지 않은 감정들이 눌려져 있다가 나도 모르는 사이 아빠에 사소한 행동으로 연결돼 짜증이라는 감정으로 올라오는 것입니다. 시간이 많이 지날수록 딸은 자신이 왜 아빠한테 짜증이 나는지 그 이유를 알기 쉽지 않습니다.

억압된 감정들은 나도 모르게 한 번씩 수면으로 올라와 내 마음을 어둡게 만듭니다. 그리고 당사자는 자신의 감정이 이렇게 어두워진 정확한 이유를 알기 어렵습니다. 억압된 감정이기 때문입니다.

P 양은 친구들과 얘기할 때 유독 짜증 나고 화가 나는 상황이 있는데, 누가 바람을 피웠다는 이야기를 들을 때입니다. 평소 차분한 성격의 소유자로 웬만한 것에 크게 화를 내지 않는데 유독 자기 남자친구를 두고 바람을 피웠거나, 양다리 걸쳤다는 이야기를 들으면 주체할 수 없는 화와 짜증이 나는 것입니다. P 양의 심리는 어떤 것일까요?

P 양에게는 10년 된 남자친구가 있습니다. P 양은 오랫동안 한 남자와 사귀면서 다른 남자와 사귀어 보면 어떨까? 라는 생각들을 한 적이 있고, 10년째 되었을 때 이 마음이 엄청나게 커졌지만, 너무나 착하고 윤리적으로 살아온 P 양은 이런 생각이 들 때마다 자신을 자책하며 다른 사람을 만나고 싶다는 마음을 무의식 저편에 던져 버리고 "난 괜찮아, 지금 남자친구에게 만족해."라고 하며 살아간 것입니다. 자신의 진짜 마음을 꾹꾹 누르고 살다가 자신이 못하는 행동을 하는 누군가를 보면 화를 주체하지 못하는 것입니다.

직장 안에서도 이런 일들이 빈번하게 일어나는데요. 만약 여러분이 직장 안에서 누군가와 함께 있는데 이유 없는 불편함이 느껴진다면 그 사람에 관해 어떤 것들이 억압되어 있을 가능성이 큽니다.

사람이 살면서 쓸 수 있는 에너지는 한정적입니다. 한 사람이 평생 쓸 수 있는 에너지가 1,000이라고 가정해 보겠습니다. 억압된 많은 것들은 의식의 수준으로 올라오려고 합니다. 하지만 억압하는 사람들은 그때마다 많은 에너지를 쓰며 그것들이 수면으로 올라오지 못하도록 막으려 합니다. 거기에 500이라는 에너지가 쓰인다면 이 사람은 자신의 삶에서 가치를 두고 목표를 이뤄가는데 쓸 수 있는 에너지가 억압에 쓰이고 있는 에너지 500을 제외한 나머지 500밖에 없는 것이죠.

그래서 억압을 많이 하는 사람과 억압이 적은 사람은 삶을 열정적으로 살아내고 목표를 이뤄가는 데 큰 차이를 보일 수밖에 없습니다. 한 사람이 품고 있는 꿈을 이뤄가는 데에는 많은 에너지가 필요합니다. 내 삶에서 소중하고 의미 있는 일들에 많은 에너지를 쏟아붓고 싶다면 자신의 마음을 살펴보면서 내가 억압하는 것이 무엇인지 살펴보시기 바랍니다. 무의식적인 현상이라 알아차

리기 쉽지 않겠지만, 자신의 마음을 천천히 살펴본다면
충분히 가능한 일입니다.

4) 신경질적인 사람이 화가 멈추지 않는 진짜 이유

결혼한 지 2년 차 된 김 모양이 있습니다. 그녀는 언젠
가부터 남편에게 불만이 조금씩 생기기 시작했는데요.
분리수거와 음식물 쓰레기 버리는 걸 남편이 맡아서 하
기로 했는데 쓰레기가 쌓여 있는 걸 보면 화가 나는 것
입니다. 남편에게 쓰레기를 쌓이지 않게 잘 버려달라고
짜증을 내며 말했습니다. 다행히 남편이 그 말을 들은
후부터 쓰레기가 쌓이기 전에 잘 갖다 버립니다.

그런데 김 모양은 다른 부분에 불만이 생기기 시작합니
다. 이번에는 남편의 그 애매한 말투가 맘에 들지 않습
니다. 남편에게 퉁명스럽게 말했죠. "여보, 그 애매한
말투 좀 고쳐 줄 수 없어?" 그 말을 듣고 착한 남편은 또
말투를 고쳐나가기 시작합니다. 김 모양은 남편에 대한
불만이 줄어들었을까요? 아니요, 이번에는 남편 몸에

난 작은 털까지 다 짜증이 납니다. "여보, 여보 몸에 있는 털이 너무 보기가 싫으니 안 보이게 좀 해줄 수 없어." 남편은 점점 어이가 없어져 갑니다.

김 모양의 불만은 과연 무엇일까요? 여러분들은 그 이유가 무엇이라고 생각하시나요? 사실 김 모양이 남편한테 진짜 짜증 나고 화나는 것은 음식물 쓰레기도, 말투도, 털도 아닙니다. 진짜 김모양의 불만은 남편과의 성적인 관계입니다. 하지만 보수적인 가정에서 태어나고 자라난 김 모양은 자신이 남편에게 성적인 불만족이 있다는 사실을 받아들이기 힘들어하는 것입니다. 이런 생각을 하는 것 자체에 심리적으로 큰 불편감을 느끼기 때문입니다. 그래서 김 모양의 자아는 성적인 불만을 전혀 다른 곳의 불만으로 바꾸어 버립니다. 이런 현상을 신경증적 방어기제인 '전위'라고 합니다. 나를 화나게 하는 위치가 바뀌어 버린 것이죠. 이것은 무의식적인 현상이라 김 모양은 남편의 다른 것들로 인해 큰 짜증과 화를 느끼고 그것이 이유라고 생각하고 살게 됩니다. 하지만 근본적인 문제는 다른 곳에 있기에 끊임없이 초점이 바뀌어 가며 화가 나게 되어있습니다. 이런 전위는 가정과

직장에서 많이 일어납니다.

5) 나보다 약한 사람에게 향하는 내 안에 어두운 감정

아들을 힘겹게 키우고 있는 한 엄마가 있습니다. 평소엔 차분하고 쉽게 흥분하지 않는 성격을 갖고 있지만 한 번씩 아들한테 크게 폭발할 때가 있습니다. 여섯 살짜리 아이에게 매우 화내고 욕을 할 때가 있는 것이죠. 그러고 나면 심한 죄책감이 듭니다. 시간이 지나도 이런 일이 사라지지 않고 반복됩니다. 그런데 가만히 보니 아들에게 폭발하기 전 동일하게 겪는 사건이 있습니다. 그건 남편과 심하게 다투고 난 다음 날 아침에 주로 아들에게 폭발한다는 것입니다. 아들은 남편과 똑같이 생겼습니다. 남편과 심하게 다투고 나서 마음이 상해있는데 아침에 눈을 뜨면 남편은 출근해서 없고 똑같이 생긴 아들이 눈앞에 있습니다. 그런 날 아들이 아침부터 핸드폰을 한다거나, 유치원 안 가겠다고 떼를 쓰면 엄마가 폭발하는 것입니다. "어제 너희 아빠가 엄마를 너무나 화나게 해서 그 화가 아직 안 풀렸는데 똑같이 생긴 너에게 화풀이 좀 할게."

안타까운 건 이렇게 자신의 진짜 마음을 의식하면서 화를 낼 엄마는 많지 않다는 것입니다. 그냥 아들이 혼날 짓을 해서 혼낸다고 생각하는 것이죠. 그렇게 해야 엄마의 자아가 양심에 가책을 덜 받게 되기 때문입니다.

감정적인 성격으로 부하 직원들에게 큰 스트레스를 주는 김 부장이 잔뜩 화가 나서 출근합니다. "야, 오늘 부장님 기분 안 좋아. 걸리지 마." 직원들이 수군거립니다. "어이, 박 과장 내 방으로 좀 들어와, 왜 일을 그딴 식으로 해? 보고서 이게 뭐야? 똑바로 해." 역시나 김 부장은 박 과장을 불러 한바탕합니다. 시간이 조금 지났을까요? 몹시 기분이 상한 박 과장 앞에 평소에 마음에 들지 않던 왕 대리가 지나갑니다. 그리고 박 과장은 왕대리를 불러 평소에 하려고 했던 말들을 하게 됩니다. 물론 좋은 말투로 이야기하기는 어렵습니다. 잔뜩 화난 표정과 감정이 고스란히 왕 대리에게 전달됩니다. 박 과장이 왕 대리에게 화를 낼 때 "야, 내가 부장님한테 화가 나서 너한테 좀 풀어야겠어."라고 하지 않습니다. 그냥 왕 대

상대방의 마음을 읽는 심리학

리가 맘에 들지 않는 것을 아주 짜증 난 말투로 쏟아부을 뿐이죠.

전위의 가장 큰 문제는 앞에 사례에서 보시다시피 대인관계에서 많은 문제를 일으킨다는 것이고 두 번째는 근본적인 문제가 해결되지 않기 때문에 끊임없이 반복된다는 것입니다.

여러분들은 진짜 화나게 하는 대상에게 그 화를 풀고 있나요? 아니면 여러분들도 종로에서 **뺨** 맞고 한강에서 화풀이하고 있나요? 자신의 마음을 잘 살펴보면서 내가 어떤 것에 불만이 있고, 화가 난 것인지, 내가 전위하는 것들은 없는지 생각해보는 시간을 가지면 좋겠습니다. 전위가 많아질수록 우리의 관계는 힘들어질 것이고, 전위가 줄어들 수록 우리의 건강한 관계는 늘어날 것이기 때문입니다.

6) 이제 더는 화가 나지도 않아

직장인 A 씨는 생기발랄했던 학창시절을 보냈습니다.

감정표현도 풍부한 소년이었습니다. 열정적인 스타일이었던 A 씨는 성실히 공부해서 남들이 부러워하는 S 사에 취업합니다. 월급은 많았지만, 이곳은 업무강도가 센 곳으로 유명한 곳이었습니다. 밤낮 일에 치여 살았고 그렇게 2~3년이 지났습니다. 특히 함께하는 부장님은 전형적인 일 중독에 카리스마 상사로 성과 압박에 잦은 짜증과 화, 심한 폭언으로 A 씨에게 심리적으로 큰 스트레스를 주었습니다. 몇 년 동안 부장으로 인해 큰 스트레스를 받던 A 씨는 친구와의 대화에서 이런 이야기를 합니다.

"야, 요즘은 괜찮아?"라고 친구가 묻습니다.

"응, 괜찮아. 신기한 건 이제 화도 안 나."라고 A 씨는 대답합니다.

화가 나지 않는다는 A 씨 말 좋아진 걸까요?

어느 날 밤늦게 A 씨는 퇴근하면서 문득 옛날과 너무나 달라진 자신의 모습을 생각하게 됩니다. 웃음이 사라졌고 웬만한 것에 재미를 느끼지 못합니다. 뭘 해도 크게 즐거운 것이 없고, 무엇보다 자신의 감정을 표현하는 일이 극히 드물어졌습니다. A 씨 괜찮은 걸까요? 더 화가 느껴지지 않는 이 상태? 실제로 A 씨는 화와 짜증, 분노의 감정이 잘 느껴지지 않았습니다. 상황은 충분히 화가 날 만한 상황인데 감정이 느껴지지 않는 것, A 씨는 신경증적 방어기제인 '이지화'를 사용하고 있습니다.

이지화란 견디기 힘든 현실을 만났을 때 자아가 감정은 지워버리고 생각만 반응하는 현상을 말합니다. 무의식적인 현상이기 때문에 특별히 노력하지 않아도 자연스럽게 이런 현상이 일어납니다. 혹시 주위에 논리만 있고 감정이 없는 사람들이 있나요? 그런 분들은 '이지화'라는 신경증적 방어기제를 사용할 가능성이 큽니다. 그분들의 특징은 삶에 어려움을 만나면 논리적으로 그 문제를 해석하면서 그것에 관한 답을 스스로 만든다는 것입니다. 그리고 감정은 억압됩니다. 이지화를 많이 사용하는 사람들은 인내심과 절제가 강하며 인색하고 엄격합니다. 한번 논리적 결정을 하게 되면 이것을 어기는 법이 없습니다. 그래서 자기 일을 완수해 가며 살아가는 데는 문제가 없습니다. 이분들은 감정동요가 적으니까 말썽부릴 일이 적습니다. 직장에서도 성실함으로 인정받습니다. 하지만 문제는 대인관계에서 여러 가지 어려움이 발생한다는 것입니다. 자신의 감정을 차단하고 살기 때문에 상대방의 감정을 존중하고 느끼기가 어렵습니다. 그래서 누군가 힘든 이야기를 하면 그 이야기를 대수롭지 않게 여겨 상처 주는 경우가 많습니다. 이런 분들이 조직의 리더가 되면 함께하는 구성원들이 얼마나 힘들까요? 논리만 있고 감정이 없는 리더.

가족과의 관계에서도 이지화를 사용하는 사람이 있다면 참 힘들어집니다. 자신의 답답한 감정을 토로하는 아내에게 남편이 이렇게 말했습니다 "왜 당신의 감정을 나한테 이야기해? 말해봤자 해결도 안 되잖아!" 남편은 말해도 해결되지 않는 문제들에 관해서는 대화의 필요성을 느끼지 못합니다. 하지만 남편이 알아야 할 것은 사람은 문제가 해결되지 않아도 그 문제를 가슴 깊이 나누는 시간을 통해 위로받고 힘을 얻는 경우가 많다는 것입니다.

7) 나를 지켜 주었던 '이지화'

이 사람들에게 이지화는 살기 위한 처절한 몸부림입니다. 그들에게 이지화가 아니었다면 인생의 여러 가지 문제로 인해 삶이 나락으로 떨어졌을 수도 있기 때문입니다. 이지화가 있었기에 그래도 지금까지 잘 버텨 온 것이죠. 이지화를 사용하는 사람들은 사회에서 인정받는 위치에 있는 경우가 많습니다. 논리와 이성이 옳다라고 하는 일들을 주로 선택했기 때문입니다.

하지만 그들을 살려준 방어기제가 어느 순간에 그들과 주위 사람의 삶을 너무나 힘들게 만드는 양날의 검으로 바뀌는 경우가 생기게 됩니다. 주위에 이지화를 사용하고 있는 분이 있다면 그들이 하는 말보다 그들의 깊은 마음에 집중해 보면 그들을 도울 수 있습니다. 내가 아는 한 분은 어린 시절부터 많은 갈등을 겪었던 아버지가 돌아가셨을 때 전혀 슬프지 않았다고 했습니다. 그 말을 들으며 "어떻게 자기 아버지가 돌아가셨는데 슬프지도 않을까?"라고 생각하지 말고 "아버지가 돌아가셨는데 슬프지 않았다고 말해야 할 만큼 참 힘든 삶을 살아왔구나!"라고 그분의 말을 이해하는 것이 더 맞습니다. 그들은 감정표현이 서툴고 그것을 다루는 것을 어려워합니다. 그래서 그들이 자신의 감정을 잘 표현할 수 있도록 안정감 있는 관계를 형성하고 그들이 감정을 잘 표현할 수 있는 자리를 자주 만들어 주면 좋습니다.

04 행복한 사람들이 자아를 보호하는 방법

George E. Vaillant

성공적인 삶을 사는 사람들은 삶의 어려움 앞에서 아이같이 굴지 않고 신경질적으로 행동하지 않았습니다. 그들은 억제, 예상, 유머, 승화, 이타주의 라는 성숙한 방어기제를 사용했습니다.

1) 욕구는 있지만 행동하지 않을 수 있는 힘!

억압 vs 억제

억제와 억압은 얼핏 보면 비슷한 말 같습니다. 하지만 이 두 가지는 결정적인 차이가 있습니다. 억압은 견디기 힘든 현실을 외면하고 '나 괜찮아.' 하고 자신을 속이며 사는 것이라면 억제는 '그래, 나 지금 진짜 견디기 어려울

만큼 괴로워.' 라고 있는 그대로 힘든 현실을 인정하는 것입니다. 그리고 그 상황을 벗어날 수 있는 실질적인 노력과 행동을 합니다. 자신의 모습과 삶을 바라볼 때 좋은 부분뿐만 아니라 좋지 않은 모습도 받아들이는 것이죠.

후천적 사고로 장애를 갖게 된 사람 중에 심리적 회복이 더딘 사람들은 거울을 보며 '이건 내가 아니야.' 라고 자신의 지금 모습을 받아들이지 않는 경우가 많다고 합니다. 하지만 그런 사고를 극복하고 변화되는 사람들은 '이렇게 사고로 평생 걷지 못하는 게 나야.' 라고 자신을 받아들이기 시작합니다. 그때부턴 조금씩 지금의 상황에서 할 수 있는 것들을 찾아 행동하게 되죠. 카이스트 교수인 이상묵 박사는 큰 교통사고로 인해 전신 마비 판정을 받고 평생 그렇게 살아가야 할 운명에 처합니다. 의식이 회복되고 이 박사가 의사들에게 했던 질문이 "뇌는 괜찮나요?" 였습니다. 그리고 뇌는 정상이라는 이야기를 듣고 '지금까지 했던 연구가 하나도 날아가지 않았구나! 연구는 계속할 수 있겠네' 라고 이야기해서 의사들과 주위 사람들을 놀라게 했습니다.

사고로 몸을 쓸 수 없는 현실이 크게 고통스러웠지만 빨리 그런 현실을 받아들인 것입니다. 그리고 지금 나에게 있는 것, 할 수 있는 것에 집중한 것입니다. 하지만 사고로 인해 후천적 장애인이 된 사람들 중에 변해 버린 지금의 자신을 받아들이지 못하고 오랜 시간을 아무것도 하지 않고 흘려보내는 사람들도 많이 있습니다. 억압이 견디기 힘든 현실을 무의식으로 던져 버리는 것이라면, 억제는 그 힘든 현실을 인식하고 그 가운데서 내가 할 수 있는 긍정적인 일들을 찾아서 행동하는 것을 이야기합니다.

2) 나에게 어떤 어려움이 다가올까?

결혼을 하고 10년 넘게 살면서 제가 깨달은 것은 결혼생활이 정말 쉽지 않다는 것입니다. 너무도 다른 두 사람이 함께 모든 것을 조율하며 살아간다는 건 쉬운 일이 아닙니다. 그런 어려움을 견디고 이겨내면서 살아가는 부부들도 있지만, 그 어려움을 견디지 못하고 각자의 길을 가는 부부들도 많습니다. 그 과정에서 겪는 상처는 이루 말할 수 없고, 아이들까지 있다면 아이들의 고통도 이루 말할 수 없습니다.

'결혼예비학교'라는 프로그램이 있습니다. 이 프로그램의 핵심은 결혼생활에서 겪을 수 있는 어려움을 예상할수 있게 해주는 것입니다. 그리고 어떻게 대비해야 하는지의 방법도 구체적으로 생각하고 계획해 볼 수 있게 해줍니다. 전 결혼을 앞둔 모든 커플에게 꼭 이 프로그램에 참여할 것을 권합니다. 왜냐하면, 그냥 부딪치고 갈등하면서 서로의 관계를 맞춰 나가기엔 서로 받는 상처와 마음의 어려움이 너무나 크기 때문입니다. 결혼생활의 작고 큰 어려움을 예상해보고 대비해보는 시간이 많아 진다면 예비부부에게 큰 도움을 줄 것입니다.

우리의 인생도 마찬가지입니다. 인생을 살아간다는 것자체가 누구에게도 쉽지 않은 난이도로 다가옵니다. 각자에게 오는 어려움은 가지각색입니다. 성공적인 삶을살아갔던 사람들은 자신에게 올 어려움을 예상하고 구체적으로 준비하는 삶을 살았습니다. 자동차로 예를 들면 사고 날 때마다 수리하는 것이 아닌 미리 정비하는 행동을 하는 것이죠. 정말 중요한 순간, 긴박한 순간에 사고가 일어난다면 돌이킬 수 없는 상황에 이를 때도 있기 때문이죠.

물론 인생의 모든 부분을 예상하고 준비할 수는 없습니다. 하지만 삶에 어느 정도의 영역은 충분히 예상하고 준비할 수 있습니다. 우리가 기억해야 할 건 성공적인 삶을 살아간 사람들은 이 예상이란 방어기제를 충분히 사용하면서 살아갔다는 것입니다.

3) 나의 아픔을 성숙하게 표현하는 방법

저는 중, 고등학교 시절에 엄청난 신체 콤플렉스가 하나 있었는데 그것은 바로 종아리입니다. 옆 반 여자아이가 저의 다리를 보고 인상을 쓰며 닭 다리 같다고 얘기한 그 경험이 저에겐 큰 상처가 되었습니다. 닭 다리란 종아리 근육이 돌출돼서 닭 다리 같은 모양의 종아리를 이야기합니다. 그 사건 이후로 저는 중, 고등학교 시절 내내 아무리 더워도 반바지를 입지 않는 사람이 되어버렸

습니다. 종아리를 누구에게도 보여줄 수 없는 저만의 콤
플렉스가 되었던 것입니다.

스무 살이 넘어서 헬스장에서 운동하는데 어떤 형님이
제 종아리 근육을 보고 어떻게 하면 그런 단단한 종아리
근육을 만들 수 있는지 물어본 적이 있었습니다. 그 얘기
를 듣고 저는 신선한 충격을 받았습니다. '똑같은 종아리
도 이렇게 다르게 볼 수 있구나.' 라는 생각을 하게 되었
습니다. 그 이후로 저는 제 종아리를 근육질의 멋진 다리
로 여기고 자신 있게 반바지를 입고 다니게 되었습니다.

제가 강의를 하면서 이 이야기를 하면 사람들이 대부분
즐겁게 웃으며 듣습니다. 제가 유머러스하게 이 에피소
드를 전하기 때문이기도 하지만 이 유머는 개그맨들이
사용하는 일반적인 유머와는 좀 다릅니다. 바로 유머의
소재가 저의 아프고 상처받았던 이야기이기 때문입니
다. 방어기제로서의 유머는 자신의 아픔을 소재로 하는
것이고 그 아픔이 지금은 아픔이 아닌 건강하게 그 아픔
을 이겨 낸 상태여야 합니다.

대머리 상수씨

자기의 상처, 아픔을 이겨내고 유머로 표현할 수 있는 건 행복한 사람들이 많이 사용하는 방어기제 중 하나입니다. 화상 사고를 극복한 사례로 유명했던 이지선 씨는 강연을 다니며 자기소개를 이렇게 하곤 했죠 "안녕하세요. 보시다시피 홀라당 타버린 여자 이지선입니다." 이렇게 인사를 하면 많은 사람이 웃기도 했지만, 한편으로는 눈물을 흘리는 사람도 있었습니다. 이렇게 자신의 아픔을 승화시켜 유머로 표현한 이지선 씨는 행복한 삶을 위한 유머 방어기제를 사용한 대표적인 사람입니다.

여러분들도 자신의 아픔을 이겨내고 유머로 표현해 보시면 어떨까요? 그렇게 할 수 있다면 여러분들은 행복하고 성공적인 삶을 살아가는 사람들의 발자취를 따라가는 것입니다.

4) 욕구를 건강하게 해소하기_승화

프로이트는 사람을 움직이는 근본적인 힘을 성과 공격성, 이 두 가지로 꼽았습니다. 우리를 근본적으로 움직이는 힘이 성과 공격성이라니. 이 이야기를 처음 듣는 사람은 마음이 불편할 수도 있을 것입니다. 그리고 동의하지 않을 수도 있습니다. 만약 프로이트 말처럼 우리를 움직이게 하는 근본적인 힘이 성과 공격성이라면 사람들의 관심이 이 두 가지에 초점이 맞춰져 있다 해도 과언이 아닐 것입니다. 프로이트의 말이 정말일까요?

성적 에너지는 심리학에서 삶의 본능이라 불리고, 공격성은 죽음의 본능으로 불립니다. 성적 에너지는 넓은 범위로 '쾌락', 즐거움을 추구하는 욕망으로 해석됩니다. 죽음의 본능이라 불리는 공격성은 우리 안에 살고자 하는 욕망도 있지만, 죽고자 하는 욕망도 있음을 의미합니다. 우리가 열심히 성공하고 성취하면서 살고자 하는 욕망도 강하지만 한편으로는 이 모든 것들을 끝내고 싶은 욕망도 있지 않나요? 빨리 이걸 다 끝내고 영원히 잠들고 싶다. 이런 마음도 우리 마음 한편에 존재하는 것입니다.

계속 올라가야 하고 경쟁해야 하는 이런 삶을 이젠 멈추고 싶다. 이런 마음을 바로 죽고자 하는 욕망이라고 하는데 어쩌면 현대인들에게 이 욕망이 더 클 수도 있다고 생각해 봅니다. 이 두 가지 본능이 우리 삶을 얼마나 지배하는지는 일상을 살아가는 사람들을 통해서는 알기가 어렵습니다. 하지만 네이버나 유튜브로 들어가면 성과 쾌락, 죽음과 공격성 관련 검색량이 폭발적인 것들을 우리는 알 수 있습니다.

성적 에너지는 넓게 말해서 '즐거움을 추구하는 욕망'을 뜻한다고 말했습니다. 여러분들이 일하고 누군가를 만나는 모든 원동력에 이 욕망이 있는 것이죠. 이것은 어쩌면 당연한 말이기도 합니다. 우리는 즐거움을 욕망하고 일도 만남도 그것들을 충족시키기 위해서 하는 일이 맞는 것이죠.

공격성은 어떨까요? 남자들 세계에서 공격성은 말할 필요도 없을 만큼 넘쳐납니다. 많은 남자분들은 초, 중, 고 시절 교실에서 일어났던 그 수많았던 싸움들을 기억하실 겁니다. 어린 시절 제 아들이 제일 좋아하는 놀이는 저와 함께 하는 싸움 놀이였습니다. 저는 매년 인기 힙합 서바이벌 프로그램 '쇼미더머니'를 즐겨봅니다. 다양한 래퍼들이 나와서 경쟁을 하는 프로그램으로 유명하죠. 그 프로그램 중에 랩으로 상대 팀을 공격하는 코너가 있는데 전 매년 이 디스전을 보며 엄청나게 열광합니다. 이런 디스전을 보면 저만 열광하나요? 여러분들은 어떠신가요? 제 안에도 숨겨진 공격성이 있는 것이죠.

여성들의 세계에서도 공격성은 엄청납니다. 제가 아는 분이 카페를 운영하시는데 카페에서 엄마 세 명이 와서 이야기하다가 한 명이 화장실 가면, 남은 두 분이 화장실 간 엄마의 욕을 그렇게 한다는 거예요. 엄마들끼리 나누는 대화 중에 누군가에 대한 욕이 많다는 겁니다. 이것은 말로 하는 공격성이라고 할 수 있습니다. 무시무시합니다.

여성의 비율이 압도적으로 많은 간호사, 승무원 등의 조직은 말로 인한 엄청난 공격으로 많은 여성분을 고통스럽게 만듭니다. 간호사 문화 중에 '태움'이라는 말이 있을 정도로 말로 하는 공격성은 사람을 태울 정도로 괴롭게 만듭니다. 프로이트는 이 두 가지가 건강하게 해결되지 않으면 우리 삶이 나락에 떨어질 수 있다는 경고를 합니다. 그럼 우리 삶을 이끌어가는 성과 공격성 이걸 어떻게 잘 다스리고 해소할 수 있을까요?

이것들을 잘 다스리는 것이 바로 성숙한 방어기제 '승화' 입니다

5) 공격성을 멋지게 승화하기

승화는 이 성과 공격성을 포함한 우리 안의 수많은 욕구를 사회에서 허용하는 방식으로, 양심에 거리끼지 않는 방식으로, 누군가에게 피해를 주지 않는 방식으로 해결하는 것을 말합니다. 어떤 사람들은 주체할 수 없는 분노로 인해 폭력과 살인을 저질러 자신의 삶을 망쳐 버립니다 또 어떤 사람들은 넘쳐나는 성욕을 주체하지 못해 성범죄자가 되기도 합니다.

공격성을 건강하게 승화시킬 수 있는 가장 좋은 방법은 스포츠를 즐기는 것입니다. 올림픽 종목들인 사격, 양

궁, 투포환, 펜싱 등은 모두 옛날 전쟁상황에서 사용했던 것들을 운동으로 승화시킨 것들입니다. 유도, 권투, 레슬링 등도 모두 공격성을 승화시킨 운동들입니다.

이런 운동들을 꾸준히 하게 되면 우리 안에 누군가를 해치고 싶은 공격성을 건강하게 해소할 수 있습니다. 미국에서는 너무 미운 사람을 총으로 쏴버려 감옥에 가는 사람도 있습니다. 그런데 어떤 사람은 미운 사람의 얼굴을 떠올리면서 사격 솜씨를 높여가는 사람이 있습니다.

권투선수 중에 전설의 핵 주먹 마이크 타이슨을 아시나요? 타이슨은 십 대 때 이미 전과가 수두룩할 정도로 무서운 비행 청소년이었습니다. 그의 싸움 실력을 알아본 권투 관계자가 타이슨을 권투선수로 데뷔시켰습니다. 타이슨은 그렇게 데뷔하자마자 핵 주먹으로 돌풍을 일으킵니다. 타이슨은 불우한 어린 시절로 인해 세상에 대한 분노가 가득했습니다. 그런데 길거리에서 그 분노로 누군가를 때리면 감옥에 가고 사람들에게 비난을 받지만, 똑같은 분노를 갖고 링 안에서 상대방을 때리게 되면 돈과 명예를 주고 사람들에게 극찬을 받는 사람이 되는 것이죠. 같은 분노와 공격성이라도 승화라는 방어 기제를 사용하게 되면 전혀 다른 인생이 펼쳐지는 것입니다.

저는 10년 넘게 농구 동호회 활동을 하고 있습니다. 동호회 농구 경기는 저에게 전쟁터입니다. 저의 엄청난 공격성을 농구를 통해 해소해 버리기 때문입니다. 공격성은 구기 종목 안에서 승부욕으로 승화되어 사라집니다. 오히려 운동에는 큰 도움이 되는 것이죠. 삶에서 겪는 많은 스트레스를 자신보다 약한 사람을 공격하며 푸는 사람들도 있고 자기 자신을 공격해서 깊은 우울감과 무기력에 빠지는 사람들도 있습니다. 하지만 성공적인 삶을 사는 사람들은 이런 스트레스를 다양한 운동으로 승화시키며 살아가는 경우가 많습니다.

요즘 스트레스를 많이 받으시나요? 내 안에 스트레스가 나도 모르게 누군가를 공격하고 나 자신을 공격하지는 않나요? 스트레스로 인한 공격성을 멋지게 해소할 수 있는 스포츠 종목 하나를 선택해서 오늘부터 시

작해 보시면 어떨까요? 스트레스를 통한 공격성이 많을수록 그 운동에 훨씬 더 많은 에너지를 쏟아부을 수 있을 것이며 건강한 승부욕으로 그것들을 승화시킬 수 있을 것입니다.

6) 성을 멋지게 승화하기

성은 어떻게 승화시킬 수 있을까요? 성은 넓은 범위로 해석하면 신체로 느끼는 즐거움입니다. 아름다운 음악을 통해서 귀를 즐겁게 하는 것, 아름다운 미술작품을 통해서 눈을 즐겁게 하는 것. 이런 것은 일종의 성욕이 건강하게 해소되는 활동입니다. 직접 악기를 연주하는 것, 그림을 그려보는 것도 성욕이 해소되는 활동들입니다. 대부분의 조각상은 누드인 경우가 많습니다. 이렇게 성에 관련된 것들을 예술로 승화시킬 때 사회에서 허용받는 방식으로 해결이 되는 것이죠.

물론 예술 활동이 모든 성적 에너지를 해소해주는 것은 아니지만 이렇게 예술로 성을 승화시키는 사람과 그렇지 않은 사람은 삶에서 다른 모습과 에너지를 가질 가능성이 큽니다. 예술 활동은 단순한 취미 활동이 아닙니다. 우리 삶의 일부가 되어야 합니다. 치열한 경쟁 사회 속에서 눌려 있는 많은 감정들을 예술을 통해 승화시킬 수 있습니다. 성과 공격성뿐만 아니라 우리 삶에서 오는 많은 어려움을 오히려 긍정적인 에너지로 승화시키는 사람들이 있습니다. 그들은 행복과 성공적인 삶이라는 선물을 받게 되어있습니다.

7) 나 같은 아픔을 겪은 사람을 도와줄 거야!_이타주의

"나랑 똑같이 당해봐야 해!"

살면서 한 번씩 들어봤던 이야기이고 저도 한 번씩 이런 생각을 했던 것 같습니다. 군 생활 시절 내무반을 청소하는 시간이 있습니다. 보통 이등병과 일병이 청소를 도맡아서 하고 상병부터는 쉬는 분위기였습니다. 전 군대 문화가 좀 더 좋아졌으면 하는 바람으로 상병이 되어서도 청소를 후임들과 같이했습니다. 제 동기들은 저한테 "그러지 마! 그런다고 바뀔 것 같냐?"라는 말을 농담 반

진담 반으로 하곤 했습니다. '우리가 이등병, 일병 때 그렇게 고생했는데 자기들도 당해봐야지.' 동기들에게 이런 심리가 자연스럽게 마음에 있었던 것 같습니다. 존경받는 축구선수 박지성은 운동하면서 너무나 힘들었던 것이 있었는데 그것은 후배라는 이유로 선배들에게 당했던 수많은 폭력이었습니다 학창시절 셀 수 없을 정도로 선배들에게 맞으면서 박지성은 자신이 선배의 위치가 되면 후배들을 때리지 않겠다는 결심을 했습니다. 사실 이런 결심은 맞는 것에 실물이 난 많은 후배 선수들이 한 번씩 해 봤던 생각일 수도 있습니다. 하지만 그들이 선배의 위치에 갔을 때 폭력이 대물림되는 경우가 많습니다. 박지성은 선배가 된 이후로 은퇴하는 날까지 후배들에게 손대지 않았습니다.

가정폭력도 대물림된다는 이야기를 들어봤을 것입니다. 어린 시절 부모의 폭행을 경험하며 '나는 절대로 저런 부모가 되지 않을 거야.' 라고 했던 많은 사람이 부모가 되어서 폭력을 사용하는 경우가 많습니다. 왜 이런 일이 생기는 걸까요?

그 이유는 뇌 기능과 밀접한 관련이 있습니다. 우리의 뇌는 옳고 그른 대로 행동하는 것보다 익숙한 대로 행동하는 것을 훨씬 더 선호합니다. 익숙함은 한 사람의 정서와 행동을 지배하는 강력한 힘이 있습니다. 박지성의 많은 동료들도 그 익숙함에 이끌려 후배들을 때렸고, 가정폭력의 경험자들도 이 익숙함에 이끌려 폭력을 행사하는 당사자가 되었습니다.

하지만 성공적인 삶을 사는 사람들은 다른 선택을 합니다. 익숙함에 이끌려 행동하는 것이 아니라 자신의 아픔을 기반으로 사람들을 돕습니다. 폭력 속에서 괴로웠던 자신의 선수 시절을 기억하며 '나처럼 당해봐.' 가 아닌 자신의 아픔을 기반으로 후배들을 따뜻하게 대해주는 것, 부모의 폭력 속에 너무나 괴로웠던 자신의 어린 시절을 기반으로 아이들에게 사랑의 모습을 보여주는 것. 신입사원 시절 외롭고 답답했던 경험들을 떠올리며 지금 입사한 신입사원들을 따뜻하게 대해주는 것. 이것이 성숙한 사람들이 사용했던 '이타주의' 라는 방어기제입니다.

진짜로 너가
원하는게 뭐야?

**상대방이 진심으로
원하는 것 알기**

Carl Rogers

Carl Rogers
칼 로저스

• 미국 심리학자
• 인간 중심 치료 창시
• 1940년 오하이오 주립대 교수
• 1947년 미국 심리학회 회장

사람의 마음을 깊이 이해하려면 꼭 칼 로저스를 만나보셔
야 합니다. 로저스는 우리의 마음을 따뜻하
게 만들어주는 '공감'을 상담이란 분야에 뿌리내리게 한 위대한 심
리학자입니다. 로저스를 통해 많은 사람이 서로의 아픔을 치유하는
데 큰 도움을 받고 있습니다. 로저스는 말합니다 사람이 진짜 원하는
것은 공감이라고.

01 사람을 변화시키는 근본적인 힘

상대방의 마음을 깊이 이해해주고 공감해주는 한 사람은 주위 사람들의 긍정적 변화에 큰 영향을 끼칩니다.

1) 내가 느끼는 걸 똑같이 느껴주는 한 사람

어렸을 때부터 치열한 경쟁을 이겨내고 과장까지 동기 중에 가장 빠르게 승진한 A 과장이 있습니다. 치열한 직장생활 속에서 늘 앞만 보고 달리는 삶을 살았기에 성과는 좋았지만, 마음은 늘 불안하고 안정적이지 못할 때가 많았습니다. 평소에 성격이 좋기로 소문난 B 부장은 요즘 들어 유독 표정이 좋지 않은 A 과장과 술 한 잔을 하게 되는데 그 대화 가운데 A 과장은 자신의 마음을 털어놓게 됩니다.

A 과장이 털어놓은 이야기들은 A 과장이 살아오면서, 일하면서 느꼈던 감정들이 대부분이었기에 B 부장은 상사로서 해줄 수 있는 게 많지 않았습니다. 하지만 B 부장은 A 과장의 마음을 진심으로 듣고 그 마음을 깊이 느끼려고 노력하였습니다. 놀라운 건 A 과장이 그 시간을 통해 큰 힘을 얻게 되었다는 것입니다. B 부장이 해준 건 집중해서 들어주고 함께 느껴준 것뿐입니다. 실제로 A 과장의 문제가 해결된 것은 없는데도 말입니다.

사람은 문제가 해결되지 않아도 자신의 마음을 똑같이 느껴주는 누군가로부터 아주 큰 힘을 얻게 되어있습니다. 사람은 자신의 힘든 마음을 누군가 들어주고 함께 느껴주기 원하는 욕구가 있고, 그 욕구가 채워지면 자아가 힘을 얻게 됩니다.

나는 고통스러워하는 사람을 어떤 지적인 혹은 다른 어

떤 훈련 과정으로는 도움을 줄 수 없다는 것을 점점 깨닫게 되었다. 그들이 이 과정을 통해 얻을 수 있는 것은 단지 곧 사라질 일시적인 변화이고 자신이 더욱더 부적합하다고 깨닫게 되는 것이다. 이렇게 지식을 통한 그 어떠한 접근 방법도 실패한다는 것은 나로 하여금 변화는 인간관계상의 경험을 통해서 나타난다는 인식을 하도록 해주었다.

－ 칼 로저스

상담 심리학의 아버지라 불리는 칼 로저스는 어떤 한 사람의 근본적인 변화는 그 사람이 경험하고 있는 관계들을 통해서 이루어질 수 있다고 말하였습니다.

우리의 생각과 행동에 큰 영향을 끼치는 성격의 형성 과정만 봐도 사람과의 관계가 얼마나 중요한지 알 수 있습니다. 성격이 형성되는 과정은 크게 타고난 기질과 살면서 만나게 되는 사람들 그리고 살면서 겪게 되는 크고 작은 사건들을 통해 형성되고 굳어집니다. 오랫동안 성격에 관련된 강의를 하면서 사람들에게 이 세 가지 중에 지금의 자신의 성격에 가장 영향을 많이 끼치는 것이 무엇이냐고 질문했습니다.

대부분의 사람들은 살면서 관계 맺은 사람들이 자신의 성격 형성에 가장 큰 영향을 끼친 요소라고 말했습니다. 한 사람이 태어나서 가장 큰 영향을 받는 사람은 아마 부모님일 것입니다. 시간이 지나 초등학교에 가면 선생님, 중, 고등학교 때는 친구들, 20살이 넘어가면 연인이나 직장상사 등 한 사람의 성격이 형성되는 과정에서 사람들과의 관계는 엄청난 영향을 끼칩니다.

타고난 기질과 인생을 살면서 겪게 되는 많은 사건보다 사람들과의 관계로 성격이 굳어지는 사람들이 이렇게 많다면 이 사람이라는 변수는 정말 엄청난 것이라고밖에 말할 수 없습니다. 그 많은 관계 중에 어떤 관계들이 사람들을 변화시킬까요?

2) 공감이 우리 삶에 끼치는 엄청난 힘

H 양은 힘들 때 만나는 친구가 세 명 정도 있습니다. 하지만 시간일 지날수록 세 명의 친구 중 나머지 두 명을

만나는 일이 줄어들게 되었습니다. 왜 그랬을까요?

첫 번째 친구인 A 양을 만나 H 양은 자신의 힘든 이야기를 하기 시작했습니다. 그러면 이야기 중간에 A 양은 이런 이야기를 합니다. "H야, 많이 힘들겠다. 그런데 난 요즘 너보다 더 힘들어." 늘 A 양은 H 양 보다 자기가 더 힘들다고 이야기를 했습니다. 그런 A 양을 힘들 때 만나서 이야기 나누기는 힘들었습니다.

두 번째 친구인 B 양은 H 양의 힘든 이야기를 들으면 중간에 꼭 이렇게 얘기했습니다. "야. 그래도 네가 그렇게 생각하면 안 되지! 너 생각 바꿔야 해." H 양은 B 양을 만나고 돌아오면 오히려 기분이 좋지 않았습니다.

세 번째 친구인 C 양을 만나면 달랐습니다. C 양은 H 양의 이야기를 들으면서 그 어떤 조언도 판단도 하지 않았습니다 "야. 너무 힘들겠다. 나도 속상하네." 오랜 시간 얘기하는 가운데서 C 양이 해주는 것은 함께 느껴주고 진심으로 들어주는 것이었습니다. H 양은 C 양을 만나면 마음이 한결 가벼워지고 회복되는 자신의 마음을

상대방의 이야기를 공감하며 들어주는 것만으로도 큰 힘을 줄 수 있습니다.

보았습니다.

심리학에서 '회복탄력성' 이라는 이론이 있습니다. 삶에 큰 어려움을 만났을 때 심리적으로 회복되는 마음의 힘을 이야기하는데 회복탄력성은 크게 '자기 조절력', '대인관계 능력', '긍정성' 으로 이루어져 있습니다. 이중 대인관계 능력의 중요한 요소 중 하나가 '공감 능력' 입니다. 사람은 공감을 깊이 주고받는 과정에서 심리적으로 큰 회복을 이루는 것입니다.

3) 내 마음을 회복 시켜주는 공감

공감을 주제로 기업에서 강의할 때 제가 하는 프로그램이 '숫자로 말해요' 입니다. 저는 두 가지 질문을 던지고 교육생들은 4~6명씩 조를 이루어 조원들에게 그 질문에 대한 답을 숫자로 표현하게 합니다.

이 프로그램에는 규칙이 있습니다.
청자 : 눈으로 듣는다, 감정에 집중한다, 판단하지 않는다, 내가 할 말을 미리 생각하지 않는다, 질문하지 않는

다, 끼어들지 않는다, 말을 끊지 않는다.

화자 : 진정성으로 말한다.

제가 던지는 질문은 다음과 같습니다.

첫 번째 질문 : **요즘 나의 행복은?**

100점은 자신이 생각하는 가장 이상적인 모습의 완벽한 행복입니다. 0점은 가장 행복과 거리가 먼 불행한 나의 모습입니다. 성과를 향해 정신없이 달려오던 많은 직장인이 이 질문에 자신의 점수를 표현하라고 하면 정말 각양각색입니다. 그리고 평균 점수는 생각보다 높지 않습니다. 점수를 밝히고 나면 나는 조장에게 스톱워치에 90초 정도 시간 설정을 하게 하고 한 명씩 돌아가며 자신의 점수에 관한 이야기를 하게 합니다. 그리고 위 규정을 꼭 지키라고 말하고 전 한걸음 뒤에서 이들을 바라봅니다. 몇몇 직장인들은 자신의 이야기를 하다가 눈물을 흘리기도 합니다.

정신없이 자신을 채찍질하며 살던 삶에서 갑자기 행복이라는 관점으로 자신의 삶을 이야기하면 그 이야기에는 힘이 있습니다. 왜냐하면, 진솔한 이야기가 나올 때가 많기 때문이다. 대리로서, 과장으로서의 당위적인 '나' 가 아닌 행복을 갈구하는 내 모습의 이야기가 나오면 더욱 대화의 집중력은 높아집니다.

두 번째 질문 : 내가 하는 일의 난이도는?

100점은 죽을 만큼 힘든 상태이고 0점, 10점은 이렇게 월급 받아도 될까 싶을 정도의 너무나 편안하고 쉬운 상태입니다. 여기서 말하는 난이도란 일이라는 것이 얼마나 내 마음을 힘들게 하는지를 뜻합니다 내가 하는 일의 난이도는 복합적입니다. 업무적인 난이도일 수도 있고 관계의 난이도일 수도 있습니다. 아니면 개인적인 일로 인한 감정 상태에 따른 난이도일 수도 있습니다. 이 질문도 역시 꽤 높은 점수를 보여주는 분들이 많습니다. 제가 만난 직장인들의 현실이죠. 100점도 90점도 자주 목격합니다. 정말 힘든 마음 상태에서 일하는 분들이 많습니다.

놀라운 건 그 어떤 조언도 하지 않지만, 조원 4~6명이 서로를 판단하지 않고 집중해서 그 사람의 감정을 느껴주고 집중해주는 시간만으로도 많은 사람의 얼굴이 환해진다는 것입니다. 물론 그런 시간을 가진다 해서 그 사람들의 근본적인 문제가 해결되지는 않습니다. 하지만 우리가 겪고 고민하는 일들의 상당수는 우리의 노력으로 당장 해결되지 않는 영역이 많습니다. 그럼 이런 대화의 시간이 아무 소용도 없는 것일까요? 아닙니다. 자신의 문제를 내가 아닌 다른 사람이 함께 고민해주고, 내 마음을 느껴주는 것을 경험하는 것만으로도 사람은 큰 힘을 얻습니다.

4) 가족 안에서 발휘되는 공감의 힘

시어머니와 너무나 관계가 좋지 않은 며느리가 있습니다. 오랜 시간 동안 시어머니에게 큰 상처를 받은 며느리는 종종 남편에게 답답한 마음을 이야기했습니다. 남편은 아내가 하는 어머니 이야기를 듣기가 힘들었습니다. 왜냐하면, 대부분 어머니의 좋지 않은 부분의 이야기였기 때문이었죠. 그 내용은 사실이었지만 아내의 입으로 나오는 어머니에 대한 불평, 불만은 남편을 힘들게 만들었습니다. 어느 날 남편은 아내한테 이렇게 말했습니다 "이제 그런 얘기 좀 그만해. 그런다고 달라질 거 하나도 없잖아. 어머니 나이가 70이야. 어머니는 안 변해! 네가 좀 생각을 바꿔!" 이런 이야기를 듣고 "여보, 고마워 내가 생각을 바꾸면 되는 거였는데 오빠 나에게 큰 깨달음을 주었어."라고 답변하는 아내는 아마 없을 것입니다. 두 부부는 어머니 이야기가 나올 때마다 서로 감정이 상한 채로 대화가 끝나버리기 일쑤였습니다. 어느 날 남편은 회사에서 마련한 커뮤니케이션 교육을 듣던 중에 공감에 관련된 부분을 인상 깊게 듣게 됩니다. 공감에 관한 강의를 들으며 가슴 깊이 깨달은 것이 사람은 공감을 받는다고 해서 그 사람이 겪고 있는 문제가 해결되거나 환경이 변하지는 않지만, 공감을 통해 상대방이 받는 고통의 강도가 낮아진다는 것이었습니다. 남편은 해결되지 않는 문제들을 이야기하는 것이 의미 없는 일이라고 생각했었습니다. 하지만 자기 생각이 사람에 관한 무지에서 나온 것을 알게 된 것이죠. 그 후 남편은 아내가 어머니에 관해 다시 이야기할 때 끊지 않고 끝까지 다 들어주고, 깊이 공감해주기로 다짐했습니다. 며칠이 지나 아내가 어머니 이야기를 하기 시작했습니다. 그때 남편이 했던 첫마디는 연습하고 준비했던 "진짜 너 속상했겠다."였습니다 아내는 남편의 이런 공감적 반응에 내심 놀랐고 너무나 밝은 표정으로 대화를 이어갔습니다. 문제는 남편이 처음으로 공감해주기 시작하니 아내가 신이 나서 이야기를 이어갔고 끝날 기미가 보이지 않는다는 것이었습니다. 그래도 남편은 끊지 않고 끝까지 아내의 이야기를 들어 주었습니다. 그렇게 50분 정도 시간이 흘렀을 때 아내는 더 할 말이 없다는 홀가분한 표정을 지었습니다. 남편이 물었습니다 "더 할 말 없어?" 아내가 대답합니다 "응, 그런데 내가 어머니 얘기하는 거 이렇게 끊지 않고 다 들어 준 거 처음인 것 같은데? 고마워, 진짜 속이 너무 시원해." 그러더니 아내가 이렇게 말하는 것입니다. "그런데 어쩌겠어. 어머니인데 이젠 내가 좀 잘 해 봐야지…." 남편은 많이 놀랐습니다.

전에 그렇게 생각을 바꾸고 좀 잘해보라고 이야기하면

상대방의 마음을 읽는 심리학

오히려 짜증 내고 화냈던 아내인데 남편이 진심으로 그 부정적인 이야기를 다 들어 주고 나니 그제야 비로서 아내가 잘해보겠다고 하는 것입니다. 세상에 그 어떤 사람도 부정적인 감정을 끌어안고 살아가길 원하지 않습니다. 누군가 판단과 비판 없어 내가 느끼는 어두운 감정을 느껴주고 공감해주면 어느새 그 감정은 사라지고 그곳에 그 사람의 진짜 감정이 올라옵니다. 아내 마음 깊은 곳에 있던 진짜 마음은 '나도 이런 마음 버리고 어머니랑 잘 지내보고 싶어.' 라는 마음이었습니다. 하지만 그 마음 위에 수많은 어두운 마음들이 그 진짜 마음을 가리고 있던 것입니다. 먹구름이 거쳐야만 밝은 해가 나오는 것과 같은 원리이죠.

5) 신입사원에게 힘을 주는 방법

입사한 지 1년밖에 안 된 신입사원이 혼자 투덜거리고 있습니다. "진짜 회사 다니기 싫다." 지나가다 이 이야기를 들은 선배 사원이 한마디 합니다. "야, 1년 차가 벌써 그런 생각을 하나? 난 너 때 그러지 않았어! 생각을

좀 바꿔봐. 긍정적으로!" 이 선배의 조언을 듣고 긍정적
으로 생각을 바꿀 사람이 있을까요? 오히려 후배에게
왜 1년 만에 그런 마음이 생기게 되었는지 그 후배의 마
음을 깊이 공감하며 들어주는 것이 훨씬 더 후배의 마음
을 바꾸는 데에는 효과적일 것입니다.

신입사원의 마음 안에는 열정적으로, 의미 있게 일하고
싶다는 근본적인 마음이 있지만 여러 가지 이유로 그 욕
구가 이뤄지지 않아 부정적인 표현을 하는 것입니다. 선
배가 그 마음을 깊이 들어주고 이해해주고 나면 충분히
공감받고 이해받은 후배가 이렇게 말할 수도 있을 것입
니다 "선배님, 제 마음 알아주셔서 감사합니다. 다시 힘
내서 잘 해봐야겠다는 생각이 드네요."

1년 만에 불만에 가득 차 있는 후배에게 "너 그럴 때가
아니야."라는 말은 옳은 말일 수도 있습니다. 하지만 힘
들어 지친 사람에게 옳은 말은 오히려 큰 상처를 줄 때
가 많습니다. 우리는 살면서 몰라서 못 하는 일 보다 알
지만 내 마음이 힘들고 지쳐서 실천할 힘이 없는 경우가

훨씬 더 많습니다. 누가 어두워진 내 마음을 깊이 공감해주면 공감받은 그 사람은 비로소 본인이 아는 대로 행동할 힘을 얻게 됩니다. 이것이 바로 공감의 엄청난 힘입니다.

직장을 그만둔 사람에게 "그래도 더 참고 다니지. 그만한 직장도 없는데….."
아이들에게 심하게 화를 내는 엄마에게 "그래도 애들한테 그런 건 좀 심했다."
1년 동안 직장을 구하지 못한 청년에게 "조금 더 적극적으로 직장을 찾아봐."
누군가에게 상처받은 사람에게 "사람이 원래 그래, 네가 이해해."

사실 이런 백 마디의 말보다 왜 직장을 그만둘 수밖에 없었는지, 애들한테 왜 그렇게 화를 낼 수밖에 없었는지, 왜 1년 동안 직장을 구하지 못했는지를 묻고 그 과정에서 겪었던 그 사람의 감정을 충분히 들어주는 것이 먼저입니다. 나의 관점이 아닌 그 사람의 관점에서 충분히 들어주는 것입니다. 모든 것을 충분히 들어주고 나서 조언을 짧게 한다면 어떨까요? 그리고 그 말들이 상대방을 생각하는 진정성까지 느껴지게 한다면 긍정적인 영향력은 훨씬 더 커질 것입니다.

02 존재에 대한 공감

Carl Rogers

나의 존재 자체를 있는 그대로 느껴주고 인정해주는 한 사람이 곁에 있으면 우리에겐 놀라운 일들이 일어납니다.

1) 래퍼 도끼를 힘들게 만드는 것

도끼는 유명한 래퍼입니다. 엄청난 실력으로 인정받고 또 많은 후배에게 롤 모델이 되었으며, 모르는 사람이 없을 정도로 유명한 사람입니다. 그런데 수많은 행사로 바쁘게 활동하던 어느 날 도끼는 현기증을 느끼며 집으로 갔고, 토를 하다가 피가 나왔습니다. 하지만 병원에 가면 원인이 없었습니다. 아무 문제가 없다고 병원에서 말했습니다. 그런데 계속 아픈 것입니다. 어지럽고 토하고 저녁만 되면 오한으로 힘들었습니다. 하지만 병원에 가서 MRI를 찍어도 아무 이상이 없었습니다. 그래서 고민 끝에 정신과를 갔고, 상담결과 나온 진단이 공황장애였습니다. 도끼의 표현으로는 멘붕(멘탈붕괴)이 만 배정도 오면 그게 공황장애라고 합니다. 도끼는 살면서 자신이 감당하기 어려운 멘붕을 많이 경험했습니다. 그런데 더 힘든 건 힘들다고 말해도 사람들이 이해를 잘 못 하는 것입니다. 왜냐하면, 겉으로는 아무 증상이 없으니까요. 공연도 매일 했습니다. 하지만 약을 안 먹으면 여지없이 춥고 오한이 왔습니다. 병원에서는 은퇴를 권유했습니다. 의사는 심리적인 불편함이 없어야 한다고 했습니다. 그런데 신기하게도 가끔 미국에 가게 되면 그런 증상이 없어지는 것입니다. 한국에서는 편하게 식당에서 밥 먹는 것도 가능하지 않았다고 합니다. 사람들이 몰려와서 가만히 두질 않으니…. 심지어 술 취해서 시비거는 사람들도 있었다고 합니다. 그런데 미국에 가면 모든 증상이 없어졌습니다. 마트를 가서 자유롭게 장을 볼수 있고, 식당에 가도 아무도 신경 쓰지 않고 식사할 수 있었다고 했습니다. 하지만 한국에서는 그런 삶을 살 수가 없었습니다. 도끼는 그냥 자신의 모습대로 방송한 것인데 사람들이 그런 자기 자신에 열광했습니다. 그런 사람들을 의식하고 싶지 않았지만, 시간이 지날수록 사람들을 의식하는 삶을 살게 됐고, 그런 삶이 힘에 겨워 도끼는 미국으로 가버립니다.

"On My Way 3"라는 도끼의 노래 가사는 도끼의 심리상태를 잘 표현하고 있습니다.

그곳에서(On My Way)

도시는 말이 너무 많아.

겉과 속이 너무 달라.

대체 누구를 본받아 살아가야 할지.

따라갈 길이 보이지 않아.

기대를 해보나 마나 돌아오는 건

단 하나 Disappointment.

나를 위한 척은 마라. 나를 깔아 짓누르는 불편함과

정신없이 지난날 다 무너진 꿈들과 바람.

믿을 사람 없는 곳에 너무 까다롭게 굴기엔

신경 써야 할 게 넘쳐.

담아 두기엔 그렇다고 무조건 다 들어 주기에도

뻔해 얼마 못 가.

전부 나를 죽일 테니 시간을 되돌릴 수 있다면

난 유명하지 않던 때로

누구 눈치는 안 보며 맘껏 살던 때로,

날 그냥 래퍼로만 알던 때로,

더 이상 내가 아닌 내가 되어 나를 잃지 않게.

새로 시작할 시간이 이제는 온 듯해.

여기선 일이 잡히지 않아.

손끝에 더 이상 앞이 안 보이던 요즘에

드디어 나의 새로운 미래를 본듯해.

더 늦기 전에 여길 떠나야 돼.

—중략—

비가 오지 않는 곳에서, 눈치 보지 않는 곳에서,

훤히 바다가 보이는 곳에서,

맑은 하늘 야자수가 뻗친 곳에서,

아무 stress 없는 곳에서,

내 몸이 지쳐 아프지가 않은 곳에서,

힙합이 힙합다운 곳에서,

날 미친놈 취급하지 않는 곳에서,

편히 쉴 수 있는 곳에서 영혼이 자유로운 곳에서,

누구 눈을 피해 저녁밥을 먹지 않는 곳에서

다시 행복할 그곳에서

2) 내 존재를 궁금하게 여기는 한 사람

정신과 의사 정혜신 님은 스타들이 공황장애를 겪는 근본적인 이유로 자기 자신이 사라지는 현상을 꼽습니다. 스타로 살다 보면 어쩔 수 없이 사람들을 의식하게 되고 그렇게 몇 년이 지나면 지금 내가 원래 나인지, 만들어진 나인지, 사람들에게 보여주고 싶은 나인지, 헷갈리고 진짜 내가 없어지는 일도 생기게 된다고 합니다.

스타의 삶은 우리 삶의 완전한 축소판이다. 일상에서 누군가의 기대와 욕구에 맞춰 끊임없이 나를 맞춰 간다는 측면에서도 그렇고 자기 소멸의 벼랑 끝에서 SOS를 치는 삶을 살고 있다. 스타가 아니더라도 부모나 배우자의 강력한 기대에 부응하는 것 자체를 자기 삶으로 받아들이며 사는 사람들, 주어진 역할에 헌신하는 것이 자기 삶이라고 믿어 의심치 않고 살아가는 사람의 삶은 스타들의 겪는 공황장애 삶의 원리와 매우 닮아있다. 자기 존재가 집중 받고 주목받은 사람은 설명할 수 없는 안정감을 확보한다. 그 안정감 속에서 비로소 사람은 합리적인 사고가 가능하다.

– 정혜신

여러분 곁엔 여러분 존재 자체를 궁금해하는 사람이 있나요? 여러분의 직업, 여러분의 소유, 여러분의 외모가 아닌 존재 자체를 궁금해 해주는, 아내에게 이런 공감에 관해 물어본 적이 있습니다. 당신에겐 이런 공감이 필요하지 않냐고? 아내는 친구 중에 깊은 공감을 해주는 친구가 있다고 했고, 나 또한 그런 존재라고 말해주어서 감사했습니다. 그러면서 살짝 저에게 물어봅니다. "오빠도 공감이 많이 필요해?" 전 그렇다고 답했습니다. 그러자 아내는 저에게 또 물어봅니다 "공감의 대화를 나누는 사람들이 오빠 주위에 많지 않아?" 저는 이렇게 대답했습니다. "일상적인 이야기를 나누는 사람은 꽤 있지만, 내 마음과 감정을 나누고 공감해주는 사람은 많지 않지. 내가 그런 역할을 할 때는 많지만 나에게 그런 역할을 해주는 사람은 많지 않아."

내 존재에 대한 공감을 더 많이 받길 원하는 저를 그때 발견했습니다. 사람은 누구나 자신의 존재를 확인받고 힘을 얻는 시간이 필요합니다. 우리들은 이렇게 우리 존재 자체에 대한 공감을 주고받으면서 잘 견디고 이겨낼 수 있는 존재로 태어났습니다. 그냥 지금 여러분 주위의 소중한 사람들에게 물어봐 주세요. 요즘 삶이 어떠신가요? 요즘 마음은 어때요?

우리 주위에 이 질문에 행복한 마음만을 이야기하는 사람은 많지 않을 듯합니다. 삶이란 건 참 어렵습니다. 늘 우리를 힘들게 하는 여러 일들이 주위를 감싸고 있죠 "죽고 싶어."라는 말을 힘들 때마다 하는 사람들도 심심

찮게 봅니다. 그 사람들에게 관심을 주는 여러 질문이
필요합니다. 어떤 것을 묻느냐가 중요한 것이 아니라 나
의 존재 자체를 궁금해 해주는 사람이 있다는 것으로도
우리는 충분히 위로받고 힘을 얻을 수 있습니다.

03 공감에서 감정의 중요성

감정은 나와 너를 이해하는 핵심 키워드입니다. 감정이 중요한 이유는 감정이 우리에게 중요한 메시지를 주기 때문입니다.

1) 나와 너를 이해하게 만들어주는 감정

공감의 핵심은 상대방이 느끼는 감정을 같은 수준으로 느끼는 것입니다. 감정은 사람에게 있어서 중요한 여러 가지 역할을 합니다. 자기 분야에 뛰어난 성과를 냈던 사람들의 공통점 중 하나는 자기이해능력이 뛰어나다는 것입니다. 자기이해능력의 핵심은 자신의 정서와 욕구를 정확히 아는 것을 말하는데 여기서 말하는 정서는 우리가 살면서 느끼는 다양한 감정들을 이야기합니다.

감정은 나를 이해하는데 핵심요소이고 내 능력을 발휘하는 데에도 필수적인 요소입니다. 또한, 감정은 우리에게 여러 가지 메시지를 줍니다. 우리가 느끼는 많은 감정 중에서도 특히 부정적인 감정을 잘 다루고 이해하는 것이 중요한데 현대인들이 많이 느끼는 대표적인 세 가지 감정을 살펴보겠습니다.

＊두려움

두려움은 위험이나 위협이 닥쳤는데 피할 방법을 모를 때 나타나는 감정입니다. 두려움이 나타났을 때 먼저 해야 하는 것은 내가 어떤 것을 두려워하는지, 그 실체를 정확히 직시하는 것입니다. 많은 사람이 두려움이라는 감정이 올라왔을 때 그 감정을 회피하거나 억압시키려 합니다. 하지만 그렇게 하지 않는 것이 첫 출발입니다. 두려움은 우리에게 그 문제를 바라보고 줄일 수 있는 실질적인 행동을 하라는 메시지를 줍니다. 가수 비는 연습생 시절 미래에 대한 두려움을 연습시간을 더 늘려서 노력함으로써 두려움이 주는 메시지에 반응하고 행동했습니다. 하지만 많은 사람은 두려움 앞에서 어쩔 줄 몰라 아무것도 하지 않은 채 시간을 그냥 흘려보내는 경우가 많습니다.

＊불안

불안이라는 감정은 예측과 통제가 불가능할 때 나타나는 감정입니다. 우리 인생은 예측할 수 있는 것보다 예측할 수 없는 것이, 통제할 수 있는 것보다 통제할 수 없는 것이 훨씬 더 많습니다. 그래서 현대를 살아가고 있는 대부분 사람은 불안이라는 감정을 느끼며 살아갑니다. 불안이 느껴질 때는 나만 그런 것이 아니라는 생각을 가져야 합니다. 우리가 부러워하는 사람일지라도 그 사람 안에는 일정량의 불안감은 존재합니다. 불안감을 줄일 수 있는 팁을 말하자면, 우리 삶에 내가 통제할 수 있는 것이 조금씩 늘어나면 불안감을 줄일 수 있습니다. 예를 들면 내 키를 더 크게 하는 것은 통제할 수 없는 영역이지만, 몸무게를 줄이고 근육량을 늘리는 것은 충분히 통제할 수 있는 영역의 일입니다. 물론 쉽지 않지만 이렇게 내가 통제할 수 있는 것들을 삶에서 늘려나가면 불안감을 줄일 수 있습니다.

* 분노

분노는 짜증, 화보다 훨씬 더 강도 높은 감정입니다. 여러분은 언제 분노하시나요?

분노는 내 삶의 중요한 목표가 무엇인가로 인해 방해받을 때 나타나는 감정입니다. 어떤 직장인이 직장 안에서 가장 중요한 가치를 인간관계로 생각했습니다. 그런데 어떤 사람과 있으면 관계의 어려움이 너무나 커지는 것입니다. 그러면 이 사람은 크게 분노하게 됩니다. 분노는 참으로 힘든 감정이지만 그 감정을 통해 내가 삶에서 무엇을 중요하게 여기는지 정확히 알 수 있습니다. "아, 내가 이것을 굉장히 중요하게 생각하는구나!" 우리는 분노를 통해서 내 삶에서 중요한 것들을 알 수 있고 또 그것을 어떻게 지켜나갈지 고민하게 됩니다.

두려움, 불안, 분노 같은 어두운 감정을 나쁘다고 생각하는 사람들이 있습니다. 하지만 이런 감정들은 어느 정도 사람 안에 존재해야 합니다. 두려움, 불안, 분노 같은 감정은 적절히 있으면 오히려 미래를 더 잘 준비하고, 내 삶을 정확히 바라보는 데 도움이 됩니다. 중요한 건 이러한 감정들이 내 안에서 너무 커지지 않게 하는 것입니다. 감정은 내가 무시해야 하는 것이 아닙니다. 정확히 보고 인식해야 합니다. 감정은 나의 성장뿐만 아니라 인간관계에서도 너무나 중요한 역할을 합니다.

2) 감정이 주는 메시지에 귀 기울이기

늘 잘 지내던 동네 친구가 있습니다. 함께 저녁을 먹고 커피 한 잔 마시며 이런저런 이야기를 나누다 헤어진 다음 날 아침 출근길 지하철역에서 이 친구를 다시 만났는데 왠지 모르게 기분이 좋지 않은 것입니다. 어제 같이 밥 먹고 커피 마시고 헤어진 다음 날 왜 기분이 안 좋은 것일까요?

많은 사람이 이렇게 자신 안에 느껴지는 감정을 무시하고 넘어갈 때가 많습니다.

"왜 이러지? 아, 몰라!" 하지만 현명한 사람이라면 이 감정을 정확히 느끼며 곰곰이 생각해 봅니다. '내가 왜 이렇게 감정이 안 좋지? 아, 어제 친구의 그 말이 내 마음을 기분 나쁘게 했구나.' 라고 깨닫고, 친구에게 솔직하게 "00야, 어제 네가 커피 마시면서 그 얘기 했잖아. 사실 나 그것 때문에 기분이 많이 안 좋아. 네가 그런 의도로 얘기한 건 아니겠지만 그런 이야기는 좀 조심해줘. 내가 예민한 걸 수도 있지만 부탁할게." 이렇게 정중하게 친구에게 자신의 마음을 표현하면 친구는 어떻게 반응할까요?

"아.. 진짜?.... ...미안해. 네가 그렇게 생각할지 몰랐어. 내가 어제 실수한 것 같아." 이렇게 자신의 마음을 정중하게 표현하고 상대방으로부터 진정성 있는 사과를 받으면 이 정도의 감정은 풀리는 경우가 많습니다.

하지만 자신의 감정을 무시하고 넘어간다면 시간이 지나 이 친구랑 같이 있을 때 감정이 불편한 경험을 하게 됩니다. 시간이 얼마 지나지 않아 이렇게 자신의 마음을 살펴보고 친구랑 대화하면 풀 수 있지만, 시간이 오래

지나 버리면 내가 무슨 이유로 친구에게 마음이 불편한지 그 이유를 알 수 없게 됩니다. 이렇게 자신의 감정을 무시하고 살아가는 사람은 이유 없이 기분 나쁘고 불편한 사람이 많아져 대인관계에 어려움을 겪습니다.

공감이란 다른 사람의 마음을 잘 느끼는 것도 중요하지만, 자신의 감정을 잘 느끼고 표현하는 자신에 대한 공감도 참 중요합니다.

3) 공감은 내 마음을 비춰주는 거울

나의 얼굴 모습은 거울에 비춰보면 어떤 상태인지 알 수가 있습니다. 얼굴에 무엇이 묻었으면 거울을 보고 닦을 수 있죠. 우리 마음에도 마음을 비춰주는 거울이 있다면 훨씬 더 마음 관리를 잘할 수 있을 것입니다. 하지만 시중에 판매되는 마음의 거울은 없습니다. 그러나 방법은 있습니다. 누군가에게 자신의 마음을 보여줬을 때 상대방이 나의 마음을 똑같이 느끼며 반영해 줄 때 우린 그 사람을 통해 마음의 거울 효과를 경험할 수 있습니다.

만약 당신이 누군가에게 이런 공감의 역할을 한다면 당신은 그 사람 마음의 거울 역할을 하는 것입니다. 당신이 만약 더 깊이 세심하게 그 사람의 마음을 느끼고 반영해 준다면 그 사람은 더욱 자세히 자신의 마음을 볼 수 있고 그 상황에서 자신의 옳지 않은 마음들을 바라보고 고쳐야겠다는 생각과 행동을 할 수도 있습니다. 내 얼굴에 무언가가 묻었다고 누군가가 말해주면 우리는 바로 거울을 찾아 얼굴을 보고 그것을 닦는 행동을 합니다.

하지만 마음의 영역은 좀 다릅니다. 내가 마음의 준비가 전혀 되어있지 않았는데 누군가 내 마음을 보며 "너 그거 고쳐야 해."라고 하면 설령 그 말이 맞는 말이라고 하더라도 우리는 기분이 나쁘고 그 감정으로 인해 그 생각을 고치고 싶지 않은 경우가 있습니다. 사람의 마음은 스스로 발견하고 깨달을 때 변화될 가능성이 큽니다. 누군가 내 마음을 공감 하고 비춰주면 자신의 진짜 모습을 보고 깨달을 가능성도 커지는 것입니다.

04 공감 실전 훈련

Carl Rogers

공감 능력은 후천적인 노력으로 많이 좋아질 수 있는 영역입니다. 일상에서 상대방의 마음을 느끼려는 연습을 꾸준히 하는 것이 중요합니다.

1) 공감의 대화 연습해 보기

공감의 대화는 3단계로 나누어져 있습니다. 가까운 분들과 마음을 나누는 대화를 할 때 3단계 수준의 대화를 연습해 보세요. 우선 다음 각 단계의 설명을 읽어보고 각각의 예시가 몇 단계의 말들인지 표시해보세요.

공감의 대화 3단계 수준

1. 상대방의 감정에 집중하지 않고 상대방이 느끼는 것보다 훨씬 더 못 미치게 소통.

---

2. 상대방이 느끼는 감정을 어느 정도 느끼며 소통.

---

3. 상대방의 상황을 이해하고 그 안에서 느끼는 감정을 같은 수준으로 느끼면서 감춰져 있는 긍정적 욕구까지 이해하면서 소통.

다음의 대화들을 읽고 각각 몇 번 수준의 대화인지 점검해 보세요.

A. 아들로 인해 힘들어하는 아내와 대화

아 내 : 여보, 이준이(아들) 때문에 요즘 힘들어.

남편1 : 아들이 원래 그래. 그러려니 해.

남편2 : 너만 힘든 거 아니야 사람은 다 힘든 게 있어.

남편3 : 이준이 때문에 너무 속상하겠다. 첫째라서 더 잘 키워 보고 싶을 텐데 그렇게 안 돼서 마음이 아주 힘들 것 같아.

사　　　원 : 내가 이렇게까지 일을 해야 하나 싶어
　　　　　　요. 그 사람의 눈빛 말투 다 짜증 나요.
　　　　　　그냥 한 대 쳐버리고 관두고 싶어요.

동료 사원1 : 저도 그런 적 있었어요.

동료 사원2 : 원래 인간관계가 힘든 거예요.
　　　　　　밖에 나가서 바람 좀 쐬고 와요. 그럴
　　　　　　때 가만히 있으면 더 힘들어요.

동료 사원3 : 진짜 많이 힘드셨겠어요. 정말 화도 많
　　　　　　이 났을 것 같아요.
　　　　　　서로 존중하고 존중받으면서 일하고
　　　　　　싶을 텐데 속상하시겠어요.

여자친구 : 남자친구가 요즘 너무 나를 힘들게 해.
　　　　　　이럴 거면 왜 사귀었나 싶어.

친구1 : 남자친구도 힘든 일이 많을 거야.

친구2 : 나도 남자친구 때문에 힘들어. 너만 힘
　　　　　든 거 아니야.

친구3 : 남자친구 때문에 진짜 속상하겠다. 남
자친구와 잘 지내고 싶고 사랑 받으면
서 마음을 나누고 싶을 텐데...너무 속
상하겠다.

D. 육아로 힘들어하는 직장 후배와의 대화

직장후배 : 아이가 또 입원했어요. 폐렴이라고…
할 일도 너무 많은데….

직장선배1 : 참, 머리가 복잡하겠어요. 일만 집중해
서 하기도 쉽지 않은데….
힘든 상황이네요. 육아도 잘하고 싶은
마음이 클 텐데…. 아이가빨리 낫지 않
으면 정말 힘드시겠어요.

직장선배2 : 저도 그런 경험이 있었죠.

직장선배3 : 하나씩 차근차근 해결해 나갑시다. 요
즘 다 힘들잖아요 그렇다고 가만히 있
으면 더 안 좋아요.

3단계 수준의 대화가 어떤 것이지 잘 점검해 보셨나요?

여러분들은 가까운 사람들과의 대화에서 어떤 수준의 대화를 많이 하시나요?
오늘부터 3단계 수준의 대화를 연습해 보세요

정답 A:1,1,3 B: 2,1,3 C: 1,1,3 D: 3,2,1

2) 상대방의 긍정적 욕구 찾아보기

상대방이 말하는 부정적인 말(불평과 불만)들은 그 사람 안에 있는 긍정적 욕구가 좌절돼서 나타나는 것입니다. 상대방의 긍정적 욕구를 알아차리고 대화하는 것은 상대방에게 큰 힘을 주고 더 나아가 상대방이 긍정적인 변화를 이루게 되는 계기를 만들어 줍니다.

다음에 대화에서 숨어있는 긍정적인 욕구를 찾아서 적어보세요.

A. 자녀 : 진짜 공부하기 싫어. 답답하단 말이야.
긍정적 욕구 찾기 :

B. 아내가 남편에게 : 그런 식으로 짜증 좀 내지 마!

긍정적 욕구 찾기 :

C. 부하 직원 : 일할 때 너무 답답해요.

긍정적 욕구 찾기 :

정답 예시

A 긍정적 욕구 : 내가 원하고 좋아하고 잘할 수 있는 걸 찾고 싶고 그걸 공부하고 싶어.

B 긍정적 욕구 : 나를 따뜻하게 대해 줬으면 좋겠어. 사랑받고 사랑하며 살고 싶어.

C 긍정적 욕구 : 효율적으로 일한다면 더 열정적으로 일할 수 있을 것 같아요.

우린 조금씩
좋아지고
싶은 것 뿐이야!

**상대방의 성장을
이끄는 방법**

Erik Homedurger Erikson

Erik Homeburger Erikson
에릭 에릭슨

• 덴마크 계 독일인
• 발달심리학자, 정신분석학자
• 1902년 독일 출생
• 심리사회적 발달 : 자아 발달은 타인과의 관계

아들러나 프로이트 보다 많이 알려지지는 않았지만, 심
리학계에서는 천재로 불릴 만큼 유명
한 심리학자 에릭 에릭슨. 에릭슨은 인생에서 다양한 인간관계를 통
해 희망감, 의지력, 목적의식, 유능감, 충성심, 사랑, 호의, 지혜라는
풍성한 열매들을 맺게 된다고 말하였습니다. 에릭슨이 관계에서 중
요하게 생각한 것들은 무엇이었을까요?
그중 핵심은 바로 상대에 대한 믿음과 신뢰입니다.

01 인생에서 가장 중요한
한 가지 '믿음'

우리의 삶에서 누군가를 믿는다는 것은 굉장히 중요한 일입니다. 우리는 누군가를 믿음으로써 세상에 대한 긍정적인 관점을 만들어나갈 수 있습니다.

1) 믿어? vs 못 믿어?

우리는 인생에서 부모님을 통해 처음으로 신뢰감을 형성하게 됩니다. 엄마는 아기의 울음소리에 맞춰 아이의 필요를 알고 채워줍니다. 배고프다고 울면 먹을 것을 주고, 춥다고 울면 옷을 입혀주죠. 오줌 쌌다고 울면 기저귀를 갈아줍니다. 이런 과정을 통해 아기는 심리적인 안정감과 신뢰감을 형성하게 됩니다. 여기서 말하는 신뢰

감 즉 믿음이란 내가 필요할 때마다 언제든지 나를 도와
줄 것이라 느낌을 말합니다.

하지만 세상에 완벽한 부모는 존재하지 않습니다. 아기
가 한참 젖을 빨고 있습니다. 아기는 아직도 한참 먹어
야 하는 상황인데 엄마는 이렇게 말합니다 "이 정도면
됐지? 그만 먹어." 아기는 아직 배가 고프지만 우는 것
말고는 할 수 있는 게 없습니다. 배가 덜 차서 우는 것이
지만 엄마는 아기의 울음소리를 듣고 방금 젖 먹었는데
왜 울지? 하고 반응할 때도 있습니다.

더워서 울고 있는데 "어머! 우리 아기 추워?" 하고 이불
을 덮어 주는 경우도 생길 수 있습니다. 이렇게 엄마는
아기의 모든 필요를 완벽하게 채울 수 없습니다. 그 과
정에서 아기는 일종의 불신감을 느끼게 됩니다.

대학을 졸업하고 회사에 취업한 A 씨 처음 마주한 회사
란 곳에 대한 기대와 설렘도 있지만, 한편으로는 새로
운 환경에 잘 적응할 수 있을지에 대한 두려움도 있습

니다. 회사에서 사수로 만난 B대리는 따뜻한 사람으로 친절하게 일을 가르쳐주며 이따금 저녁 밥을 사주며 힘든 것은 없는지 물어봐 주는 좋은 선배입니다. A 씨는 B 대리를 통해 신뢰감을 느꼈고, 그 마음은 회사에 대한 믿음으로 이어졌습니다. 하지만 때론 B 씨의 말과 태도에 속상하고 상처받는 날도 있었습니다. 그런 일들을 통해 B 대리에 대한 불신감도 조금씩 생겨나기 시작했습니다.

에릭슨은 인간관계에서 신뢰감을 너무나 중요한 것으로 꼽았습니다. 여기서 기억해야 하는 건 불신을 나쁜 것으로 보지 않았다는 것이다. 사람에겐 적정량의 불신감이 필요합니다. 만약 어떤 사람이 불신의 양이 없이 믿음만 가득하다면 그 사람은 잘 속는 사람이 될 가능성이 높습니다.

건강한 믿음이란 믿지 않을 수 있는 능력이 있을 때 가능한 것입니다. 제가 아는 한 원장님은 수년 전에 고속도로 휴게소에서 몇천만 원짜리 골프채를 사 온 적이 있

습니다. 휴게소에서 골프용품을 판매하는 영업사원의
말을 믿고 산 것인데 사무실로 들어와서 검색해본 결과
사기를 당한 것을 알게 되었습니다. 이것은 건강하지 못
한 믿음, 그러니까 불신의 양이 적절히 있지 않아서 나
타나는 일입니다.

2) 내 안에 있어야 하는 적절한 불신의 양

부모나 리더가 완벽하지 못한 부분에 괴로워할 필요가
없는 이유가 이것입니다. 우리는 때로 실수하고, 상처를
주며 살아갑니다. 하지만 우리가 주는 불신의 양이 믿음
의 양을 넘어서지만 않으면 되는 것입니다. 에릭슨은 어
떤 사람을 믿는 믿음의 양이 불신의 양보다 크면 '희망
감'을 선물로 얻게 된다고 했습니다. 희망감이란 지금
내 현실이 어렵더라도 내 미래는 지금보다 나아질 것이
라는 믿음과 생각입니다.

우리나라는 자살률 1위라는 불명예스러운 기록을 갖고
있습니다. 사람은 아무리 발버둥 쳐도 내 인생이 지금보

다 조금도 나아지지 않을 것이라는 생각에 사로잡히면 스스로 삶을 던져 버리는 무서운 행동을 하기도 합니다. 이 각박한 세상 속에서 누군가에게 희망감을 준다는 것은 멋지고 위대한 일입니다.

누군가에게 이렇게 말하지 마세요. "좀 희망감을 가지고 살아봐!" 이런 말은 아무런 효과가 없습니다. 희망감은 가지라고 해서 가질 수 있는 것이 아닙니다. 내가 누군가에게 깊은 신뢰감을 안겨다 주면 그 사람은 그 믿음을 통해 세상에 대한 희망감을 느끼게 되는 것입니다.

3) 내가 가장 믿는 사람

다음의 표에 여러분들이 가장 믿는 사람을 일하면서 맺게 된 관계에서 한 명, 일과 상관없는 개인적인 삶의 영역에서 한 명을 적어보고, 그 사람을 믿는 이유를 적어보세요.

내가 가장 믿는 사람	
일을 통해 맺게 된 관계 :	개인적인 삶의 영역에서의 관계 :
그 이유 :	그 이유 :

여러분은 누구를 적으셨나요? 그 사람을 믿는 이유는
무엇이라고 적으셨나요? 아마 각자마다 자신이 믿는 사
람들의 이유는 다를 것입니다.

＊사람에게 신뢰감을 형성하는 것에는 어떤 공통점이 있을
까요?

첫째, 일관성입니다.

잡코리아에서 가장 일하기 힘든 상사에 대한 설문 조사
를 했는데 일등이 일관성 없는 업무지시를 자주 하는 상

사였습니다. 가정도 마찬가지입니다. 부모가 그때그때 말하고 행동하는 것들이 달라진다면 아이들은 부모님을 신뢰하는 데 어려움을 겪습니다. 내가 부모로서, 친구로서, 리더로서, 동료로서 말과 행동이 일관적인지, 한번 내뱉은 말을 잘 지켜나가는 사람인지, 자신을 한번 살펴보길 바랍니다.

둘째, 예측성입니다.

우리는 예측이 안 되는 상황에서 불안감을 느낍니다. 우리 주위에 예측 못 할 사람만 가득하다고 생각해보세요. 얼마나 삶이 불안할까요? 나는 주위 사람들에게 예측 가능한 사람인가? 나의 행동들이 예측 가능한가? 나는 주위 사람들에게 예측성에 관점에서 어떤 사람일까? 이 질문들에 여러분들은 어떤 대답을 하고 계시는가요? 우리는 주위 사람들에게 예측 가능한 사람일 때 신뢰감을 줄 수 있습니다.

셋째, 따뜻함입니다.

사람이 기계와 다른 건 감정이 있다는 것입니다. 우리는 노트북에 따뜻함을 기대하지 않습니다. 하지만 우린 사람들에게 자신을 따뜻하게 대해주길 바라는 욕구가 있습니다. 따뜻하게 대해준다는 건 날 존중해 준다는 것이고 존중을 받으면 나라는 사람을 이해해준다고 느끼게 됩니다. 이 욕구를 잘 채워주면 우리는 신뢰감을 줄 수 있습니다. 물론 이 따뜻함은 일관성과 예측성이 수반 되어야만 강력한 힘을 발휘한다는 것을 명심해야 합니다.

02 열등감을 넘어 노력하는 사람으로!

열등감은 나를 힘들게 만드는 감정이지만, 적절히 있으면 나를 성장시키는 원동력이 되기도 합니다

1) 더 열심히 하면 되지! vs 난 아무것도 할 수 없어!

우리는 살면서 늘 우리보다 잘난 사람들을 경험합니다. 나랑 비슷하게 공부하는 것 같은데 성적이 늘 나보다 잘 나오는 친구, 나보다 키도 크고 외모도 훌륭한 친구, 너무나 부유한 가정에서 태어난 친구, 운동도 잘하고 노래와 악기도 잘 다루는 친구. 우린 어린 시절부터 지금까지 나보다 잘난 사람들을 경험하면서 살아왔습니다. 이럴 때 느껴지는 감정이 '열등감' 입니다.

열등감은 '내가 남보다 부족하구나.' 하고 느끼는 감정입니다. 에릭슨은 이 열등감을 나쁘게 보지 않았습니다. 사람에겐 적절한 열등감이 있어야 겸손하며 노력하게 됩니다. 열등감이 전혀 없다면 오히려 오만방자한 태도를 보이게 될 가능성이 있고 우린 가끔 그런 사람을 경험하기도 합니다.

중요한 건 열등감보다 그 열등감을 바탕으로 열심히 노력하는 근면의 태도가 크면 되는 것입니다. 근면의 크기가 열등감보다 크다면 에릭슨은 유능감을 선물로 얻을 수 있다고 하였습니다. 유능감이란 어떤 일을 잘할 수 있는 능력이 나에게 있다는 느낌을 말합니다.

저는 강사 활동 초창기 시절에 여러 강사의 강의를 들으며 참 뛰어난 사람이 많다는 걸 느꼈습니다. 그 중엔 나보다 나이가 많은 선배들이 대부분이었지만 저랑 나이가 비슷한데 너무나 강의를 잘하는 강사도 있었습니다. 실제로 저랑 비슷하게 강의를 시작한 사람 중에 주위에 너무나 뛰어난 강사들이 많은 걸 경험하고 '난 강의하면 안 되겠다. 이렇게 잘하는 사람이 많은데 내가 어떻게 여기서 살아남아.'라고 생각하며 강사라는 직업을 포기하는 사람도 있었습니다.

그런데 어떤 강사는 자신보다 뛰어난 강사를 만나면 "저 강사는 진짜 잘하네! 안 되겠다. 나 오늘부터 2시간씩 더 책보고 연구할 거야."라고 말하며 예전보다 더 노력하는 사람이 있었습니다. 이런 유형의 사람들은 자신보다 잘난 사람을 만나면 자극을 받아서 더 열심히 노력하는 선택을 하게 됩니다. 나보다 뛰어난 사람을 보면 자극을 받고 더 열심히 도전하고 노력하는 사람이 있는가 하면 좌절하고 무기력해지고 포기하는 사람이 있습니다. 이 두 사람은 어떤 이유에서 이런 다른 태도를 보이게 된 것일까요?

2) 내 능력은 노력하는 만큼 성장해!

스탠퍼드 대학 심리학과 캐롤 드웩 교수는 사람들이 자신의 능력에 대해 어떻게 생각하고 있는지에 대한 연구의 권위자입니다. 드웩 교수는 연구를 통해 세상의 40% 정도의 사람들은 자신의 능력에 관해 '능력은 향상되는 거야, 노력한 만큼 향상할 수 있어.' 라고 생각하는 것을 발견했고 이것을 '성장 마인드 셋' 이라고 표현하였습니다. 나머지 60% 중 20%는 반반이거나 잘 모르겠다고 답변하였고, 40%는 '능력은 타고나는 거야, 절대 변하지 않아.' 라고 생각하고 있음을 발견했습니다. 이 유형의 사람들은 '고착 마인드 셋' 이라고 표현하였습니다.

성장 마인드 셋과 고착 마인드 셋의 사람들은 삶의 태도에서 아주 큰 차이를 보였습니다. 어떤 태도의 차이가 있었을까요? 성장 마인드 셋의 사람들은 살면서 자신의 성장에 삶의 초점이 맞춰져 있었습니다. 내가 얼마만큼 성장하고 있는지 작년보다 올해 어떤 것들이 좋아지고 있는지, 이런 것에 관심의 초점이 맞춰져 있었습니다.

하지만 고착 마인드 셋의 사람들은 관심의 초점이 주위 사람들에게 뛰어난 사람으로 인정받는 것에 맞춰져 있었습니다. 있는 모습 그대로의 자신이 아닌 오직 뛰어난 사람으로만 인정받으려고 하는 그들은 성장 마인드 셋의 사람들보다 더 많은 스트레스를 경험하고 있었습니다. 이것뿐만이 아니었습니다. 성장 마인드 셋의 사람들은 배움을 통한 능력향상을 중요하게 여겨 학습, 경험, 노력을 즐겨 하였고 새로운 도전들이 자신을 성장시키고 있다고 믿고 생각하였습니다.

하지만 고착 마인드 셋의 사람들은 학습, 노력은 실력 부족의 증거이며 새로운 것에 도전했다 실패하는 것은 자신이 무능력한 사람으로 인정받는 것이기에 도전을 회피하는 태도가 많이 나타났습니다. 결정적으로 우리가 살면서 필연적으로 겪는 실수와 실패를 성장 마인드 셋의 사람들은 성장의 과정으로 받아들였지만, 고착 마인드 셋의 사람들을 무능력의 증거로 받아들였던 것입니다.

나보다 잘난 사람을 봤을 때 더 노력하는 사람과 무기력해지는 사람의 차이는 이 마인드 셋에 의해 많은 영향을 받게 됩니다. 고착 마인드 셋의 사람은 나의 능력은 변하지 않고 고정된 것이기에 나보다 잘난 사람을 보면 괴롭고 무기력해지는 것입니다. 하지만 성장 마인드 셋의 사람은 나보다 뛰어난 사람을 보면 자극을 받고 노력하게 됩니다. 내 능력은 노력하는 만큼 성장하는 것이기에 나보다 잘난 사람을 보면 '저 사람은 참 뛰어나구나. 나도 노력해서 내 능력을 최대한 성장시켜야겠다.' 라고 생각하는 것입니다.

열등감을 줄이고 근면을 키우는 가장 좋은 방법은 우리 안에 있는 고착 마인드 셋을 성장 마인드 셋으로 바꾸는 것입니다.

Carol. S. Dweck 성장마인드셋

성장마인드 (Growth Mind)	고착마인드 (Fixed Mind)

"능력은 향상되는 거야"
"노력만큼 성장할 수 있어"

"능력은 타고나는 거야"
"절대 변하지 않아"

성장마인드	고착마인드
• 자신이 성장에 초점	• 자신이 인정 받는 것에 초점
• 배움을 통한 능력 향상이 중요	• 타고난 재능과 결과가 중요
• 학습, 경험, 노력 → 성장	• 학습, 노력 → 실력 부족의 증거
• 새로운 도전은 성장의 기회	• 도전은 실패의 위험 → 회피
• 실수와 실패는 성장의 과정	• 실수와 실패는 무능력의 증거

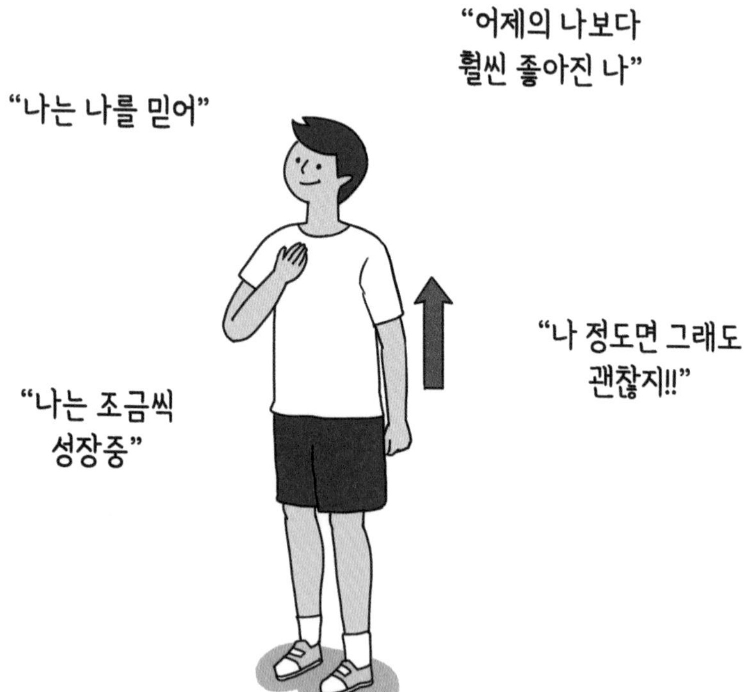
"어제의 나보다
훨씬 좋아진 나"
"나는 나를 믿어"
"나 정도면 그래도
괜찮지!!"
"나는 조금씩
성장중"

3) 성장 마인드 셋을 높이는 방법

어떻게 하면 성장 마인드 셋을 높일 수 있을까요?

첫 번째는 다른 사람과 자신을 비교하지 않는 것입니다. 다른 사람과 나와의 적절한 비교로 자극이 되어 더 노력하게 되는 상황이라면 괜찮지만, 그 비교가 나를 낙담시키고 무기력하게 만드는 비교라면 지금 당장 멈추어야 합니다. 우리는 다른 사람과 경험하고 생각하고 느끼는 것들이 너무나 다릅니다. 우리는 저마다의 독특성이 있기에 성장하는 시간, 방법, 시기도 다른 것입니다.

두 번째는 과거의 나와 지금의 나를 비교하는 것입니다. 과거의 나와 지금의 나를 비교하여 나아진 점들을 찾아 기억하고 내가 성장하고 있음을 깨닫습니다. 그리고 더 나아지게 만드는 노력을 꾸준히 합니다. 특히 예전엔 익숙하지 않고 어려웠지만, 지금은 익숙하고 쉽게 할 수 있는 일이 있는지 찾아봅니다. 생각해보면 1~2가지 이상 생각나는 것들이 있을 것입니다. 이것은 성장 마인드 셋의 좋은 증거이며 앞으로도 이런 것들을 많이 만들어 내면서 성장할 수 있다는 믿음을 키워나갑니다.

 제가 예전엔 익숙하지 않고 어려웠지만, 지금은 익숙해져 쉽게 할 수 있는 것들을 표에 적어 봤습니다 이어지는 빈칸에 여러분들의 이야기를 채워보세요.

예전엔 익숙하지 않고 어려웠지만, 지금은 익숙하고 쉽게 할 수 있는 것?	
영상, 편집	예전에는 나는 스스로 기계치라고 생각했고 컴퓨터를 활용한 작업은 나에게 맞지 않은 영역이라고 생각했다. 하지만 유튜브 채널을 개설해, 편집을 공부하고 꾸준히 연습한 결과 지금은 어렵지 않게 컴퓨터를 활용한 영상 편집을 할 수 있게 됐다.
글쓰기	과거에 난 글 쓰는 재주가 없고, 글 쓰는 건 잘할 수 없다는 생각을 하고 있었다. 하지만 꾸준히 책을 읽고 글을 쓰면서 글 쓰는 것도 지금은 어렵지 않게 잘하는 영역이 되었다.

예전에는 익숙하지 않고 어려웠지만, 지금은 익숙하고 쉽게 할 수 있는 것?	

세 번째는 매일 모든 면에서 조금씩 좋아진다는 믿음을 가지는 것입니다.

쿠에의 법칙으로 유명한 이 말은 성장 마인드 셋을 높이는 데 효과적입니다. 상대방으로 인한 믿음이 희망감을 형성하듯이, 자신에 대한 건강한 믿음도 희망감을 만들어 줍니다. 자신의 삶이 눈에 보이지 않아도 아주 조금씩 좋아지고 있다는 믿음은 그에 걸맞은 행동들을 이끌어 내며 여러분의 삶에 좋은 영향을 끼칠 것이 분명합니다.

네 번째는 삶의 작은 목표들을 세워 꾸준히 실행해 나가는 것입니다.

성취감은 사람을 성장시키는 원동력입니다. 큰 목표가 아니더라도 아주 작은 목표로 성취감을 자주 경험해야 합니다. 10kg 감량보다 매일 20분 걷기 같은 매일의 작은 목표가 성취감에 더 큰 도움을 줍니다.

성취감을 줄 수 있는 아주 작은 목표 5가지 계획해 보기

1. 하루 30분 출근 시간을 이용하여 걷기.

2. 매일 자기 전 20분 영어원서 읽고 자기.

3. 매주 토요일 밤 자기 전 아내랑 요즘 느끼는 마음 상태 나누기.

4. 간식을 끊고 꾸준히 걷기를 실천해서 일주일에 0.3kg씩 감량하기.

5. 매일 10분 이상 아들하고 몸으로 놀아주기. (7~8시 사이)

성취감을 줄 수 있는 아주 작은 목표
5가지 계획해 보기

1.

2.

3.

4.

5.

03 연륜을 통해 창조적인 삶으로 나아가기

나이가 들면 신체적인 기능은 떨어지지만, 심리적인 기능은 성숙하고 좋아지는 면이 많습니다. 우리는 삶의 연륜을 통해 지혜로운 행동을 많이 선택할 수 있습니다.

1) 나의 경험으로 멋진 것을 창조해 낼 거야! vs 이 나이에 내가 무엇을 할 수 있겠어!

질풍노도의 시기라 불리는 청소년기가 있습니다. 청소년이란 단어에서 알 수 있듯이 소년도 아니고 청년도 아닌 어중간한 시기입니다. 우리의 인생에서 두 시기가 부딪칠 때 사람은 내적 갈등이 많이 일어납니다. 이때는

'내가 누구인가?'를 가장 많이 생각하는 시기이기도 합니다. 여러분들은 청소년기를 어떻게 보내셨나요? 모범생이었나요? 아니면 사고뭉치였나요? 혹시 모범생으로 그 시절을 보내셨다면 긴장하셔야 합니다.

사람에겐 '지랄총량의 법칙'이 있기 때문입니다. 일생에 떨어야 할 지랄이 정해져 있다는 농담 반 진담 반의 이야기인데 일리가 있는 말입니다. 인생에서 모범생으로 청소년기를 보낸 사람들이 내적, 외적 갈등을 가장 많이 일으키는 시기가 있는데 바로 '중년의 시기'입니다. 중년은 젊지도 않고, 늙지도 않은 두 시기가 부딪치는 시기입니다. 제2의 청소년기라고 봐도 무방합니다. 보건복지부에서 나오는 행복한 가족사진을 보면 자녀들의 경우 10살 이전, 부모들의 경우 30대 초반에서 후반이 가장 많습니다. 그 시기가 부모도 아이들도 심리적으로 가장 안정적인 시기이기 때문입니다.

심리적으로 가장 안정적인 가족의 시기

중년의 시기는 왜 힘들까요?

중년의 시기는 수많은 내적, 외적 갈등 가운데서도 인생의 마지막 꿈을 꾸는 시기입니다. 인생에서 직업적으로 이루고 싶은 마지막 단계가 있다면 이때 마지막으로 온 힘을 다해 노력하고 도전합니다. 이 중년의 시기에 새로운 도전에 실패하면 그만큼 다시 일어나기 힘든 좌절과 무기력을 느끼게 됩니다. 그리고 중년의 후반기로 가면 인생에서 내 꿈이 어디까지 이뤄질 수 있는지 알게 되는 시기이기도 합니다.

임원을 꿈꿨던 사람이 '아, 내가 임원이 되기는 힘들겠구나.' 별을 꿈꿨던 군인이 '아, 내가 별을 다는 건 힘들겠구나.' 하고 현실을 받아들이는 시기이기도 합니다. 중년의 시기는 지금까지 살아온 많은 인생의 경험과 연륜 노하우를 통해 나만의 생산적인 일들을 많이 이뤄낼 수 있는 시기입니다. 하지만 끝없는 자기침체로 빠질 수 있는 위험한 시기이기도 합니다. 에릭슨은 이 시기에 생

심리적으로 안정감이 낮은 가족의시기
(부모는 중년, 자녀는 청소년기)

산성이 자기침체보다 많으면 호의를 선물로 받는다고 말했습니다.

중년의 어른들 중엔 인생의 연륜으로 그 나이만이 줄 수 있는 부드러움을 호의란 태도로 보여주는 사람이 있는가 하면 딱딱하고 권위적인 태도로 인해 주위 사람을 힘들게 하는 중년들도 우리는 많이 목격합니다. 완벽한 중년이란 존재하지 않기에 호의적인 모습과 권위적인 모습이 섞여 있을 것입니다. 하지만 호의가 권위보다 조금 더 많다면 그리고 생산적인 삶이 자기침체보다 많다면 우리는 멋진 중년을 살아 낼 수 있는 것입니다.

PART 05

생각을 바꿔야 관계도 바뀌지

나와 너의 성공과 실패를 만드는 방어기제

Albert Ellis

Albeer Ellis

알버트 엘리스

- 1913년 미국 피츠버그 출생
- 12세에 부모 이혼
- 뉴욕시립대학교 영문학 전공
- 소설 6편 쓴 작가
- 1955년 인지치료 소개
- 1991년 인지 정서 행동 치료 개정

엘버트 엘리스 는 과거의 경험이나 우리가 느끼는 감정들보다 우리 안에 자리 잡은 왜곡된 생각들을 찾고, 변화시키는 것이 인생에서 너무나 중요하다고 이야기합니다. 엘버트 엘리스가 우리에게 하고 싶은 이야기를 들어볼까요?

01 불행을 더 큰 불행으로
만드는 사고법

비슷한 사건을 경험해도 사람마다 느끼는 스트레스의 강도는 천차만별입니다. 그것은 스트레스의 원인을 해석하는 방법이 사람마다 다르기 때문입니다.

1) 우리의 생각으로 커지는 문제들

A양은 계속된 취업 실패로 우울한 마음에 시달립니다. 사람들은 이 우울한 마음의 원인을 취업 실패로 보지만 심리학자 엘버트 엘리스는 취업 실패로 인해 '난 아무것도 못 해, 난 정말 쓸 데가 없어.' 라고 생각하는 A양의 사고방식을 원인으로 꼽습니다.

모든 사람이 취업에 실패했다고 A양처럼 생각하지는 않는다는 것입니다.

'취업에 실패하는 건 누구에게나 있을 수 있는 일이 야.', '다르게 노력하라는 자극일 뿐이야!' 취업 실패라는 같은 경험을 하고도 이렇게 생각하는 사람도 존재합니다. 엘리스는 우리들의 사고방식이 우울한 마음의 근본 원인이고 사고방식을 변화시킴으로써 이런 마음도 변화시킬 수 있다고 이야기합니다. 어떤 사건이 그 사람의 정서적 혼란이나 고민의 원인이 되는 것이 아니라 그 사건을 어떻게 해석하고 받아들이느냐가 그 사람의 생각이 감정을 좌우하는 것이죠.

우리에게 오는 많은 사건이 우리들의 사고방식에 전혀 영향을 끼치지 않는 것은 아닙니다. 하지만 그 사건을 어떻게 해석하고 받아들이느냐에 의해 우리는 많은 것을 다르게 경험할 수 있습니다. 엘리스는 이 이론을 ABCDE로 도식화하고 있습니다.

A 선행사건	수능시험을 망쳤다든지, 일방적인 이별 통보를 받았다든지, 누군가에게 무시를 당했다든지, 내 마음을 힘들게 하는 사건을 말한다.
B 신념체계	살면서 겪는 수많은 사건을 대하는 자신만의 태도이다. 자주 분노하는 사람들은 비합리적인 신념을 많이 갖고 있다. 비합리적인 신념은 속상하고 화날 정도의 일을 견딜 수 없는 끔찍하고 고통스러운 일로 해석하는 사고를 말한다.
C 결과	선행사건으로 인한 결과이다. 비합리적인 신념을 가진 사람은 대부분의 부정적 사건에서 지나친 비관, 원망 등의 감정을 갖게 된다.
D 논박	자신이 가지고 있는 비합리적 신념을 반박하여 합리적인 사고로 바꾸는 것이다.
E 효과	비합리적인 신념이 합리적인 신념으로 변화되면서 그 사건에 합당한 정서와 생각을 하게 된다.

친한 친구가 100만 원을 빌려 달라고 합니다. 그리고 일주일 후에 110만 원으로 돌려준다고 합니다. 나도 여유가 있는 상황이 아니지만, 일주일에 10만 원을 벌 수 있다는 생각에 빌려주게 됩니다. 하지만 일주일 후 친구는 내 전화를 받지 않고 문자를 보내도 답장이 없습니다. 그리고 급하게 돈이 필요한 상황까지 생깁니다. 이런 상황이라면 화와 분노는 더 커질 것입니다 '그때 내가 빌려주지 말았어야 해.' 하고 자기를 자책하는 사람도 있을 것입니다. 그리고 이 화가 너무 커진 나머지 내 일상생활에 좋지 않은 영향을 끼치게 됩니다 '어떻게 나한테 이럴 수 있지?' 라는 생각을 하게 됩니다.

이 사건에서 원인은 친구가 돈을 갚지 않는 것이고 결과는 분노입니다. 하지만 모든 사람이 이 같은 상황에서 똑같은 반응을 하지는 않습니다. 화가 나고 속상하지만, 분노까지 가지 않는 예도 있습니다. 같은 상황을 겪어도 사람마다 반응은 천차만별입니다. 왜 그럴까요? 엘리스는 그 핵심적인 이유로 각자가 가지고 있는 삶에 대한, 그리고 사람에 대한 신념을 꼽습니다. 우리는 누구나 각자의 신념을 가지고 있습니다.

"협력하며 일하는 것이 좋다.", "남을 도우며 살아가야 한다.", "노력한 만큼 성장한다." 등. 그런데 각 사람의 신념 중에는 합리적이며 자신을 성장시키는 신념도 있지만, 비합리적이고 자신을 파괴하는 신념도 있습니다. 사람은 완벽하지 않기에 이런 신념들이 뒤섞여 있는 경우가 많습니다. 우리가 살면서 겪는 사건들을 해석하는 과정에서 이런 신념들이 크게 개입하는데 때론 합리적 신념으로 해석하는 때도 있지만 비합리적인 신념들로 그 문제를 해석하는 경우도 있습니다. 또한 이 두 가지 신념이 어느 정도의 비율로 섞여 있는지도 그 사건을 해석하는 데 큰 영향을 끼치게 됩니다.

3) 부적절한 감정을 적절한 감정으로 바꾸기

100만 원을 빌려 간 친구에게 속상하고 실망스럽다면 그건 적절한 감정입니다. 하지만 견딜 수 없는 분노를 느낀다면 그것은 적절하지 않은 감정이라고 엘리스는 말합니다. 우리가 어떤 사건으로 인해 느끼게 되는 감정에는 적절한 것이 있고, 부적절한 것이 있습니다. 여기서 말하는 적절한 감정이란 그 감정이 자신의 삶에 도움을 주고 자신의 목표에 도움을 주는 감정을 말합니다. 반대로 부적절한 감정은 내 삶에 부정

적 영향을 끼치는 감정을 말합니다. 당신이 100만 원을 친구에게 빌려주려고 했을 때 그 생각 안에는 일주일 뒤 10만 원을 벌 수 있다는 생각도 영향을 많이 끼쳤습니다.

당신은 친구를 도와주고 10만 원도 받을 수 있다는 기대가 있었습니다. 자신에게도 이 상황을 통해서 얻는 유익이 있었고, 자신도 기대한 바가 있었던 것입니다. 여기서 분노하는 핵심은 '어떻게 나한테 이럴 수 있지?', '이런 일은 절대로 일어나면 안 돼!', '넌 나한테 이렇게 행동하면 안 돼.'라는 핵심사고가 있습니다. 이 핵심사고에는 '친구가 나와의 약속을 지키지 않는 일은 절대로 일어나면 안 돼.'라는 신념이 있습니다. 물론 이런 상황이 화가 나고 속상한 상황인 것은 맞습니다. 하지만

자신의 삶에 부정적 영향을 끼치는 분노까지 가는 것에
는 자신의 비합리적인 신념이 크게 작용하고 있습니다.

여기에서 합리적인 신념은 '친구가 나한테 약속을 지키
지 않는 일은 일어날 수 있어.' 입니다. 합리적인 신념
을 갖고 있어도 이런 상황에서는 속상하고 화가 나지만
못 견딜 정도의 분노는 아닙니다.

4) 상황에 알맞은 감정을 느끼기

감정에는 강도가 있습니다. 우리가 살면서 겪는 각각
의 상황에 알맞은 강도를 느끼는 것은 건강한 삶에 큰
도움이 됩니다. 반대로 삶의 많은 어려움을 겪는 사람
중에는 각각의 상황에 걸맞지 않은 감정을 느끼는 경
우가 많습니다. EBS에서 진행했던 감정에 관련된 실
험에서 실험 참가자들에게 불쾌하게 느낄 수 있는 여
러 상황을 주고 그때마다 느껴지는 부정적 감정을 찰
흙의 크기로 표현해 보라고 하였습니다. 자기조절이
잘되는 사람들은 각각의 상황마다 단계적인 찰흙의 크

기를 보였지만, 자기조절이 잘 안 되는 사람은 작은 찰흙 아니면 큰 찰흙이 주를 이루었고 중간 단계의 찰흙들이 매우 적었습니다.

02 비합리적인 신념의 핵심!
'해야만 한다.', '견딜 수 없다.'

Albert Ellis

많은 사람이 살면서 갖게 되는 비합리적인 신념이 있습니다. 그것을 잘 찾아내고 합리적인 신념으로 바꾸어 준다면 우리는 훨씬 행복한 삶을 살 수 있습니다.

1) 굳어져 있는 부정적 신념들

사람들이 가지고 있는 비합리적인 신념들은 개인적인 것, 타인을 향한 것, 세상을 향한 것 이렇게 세 가지가 있습니다.

＊개인 : 나는 내가 하는 일에 성공 해야 하고, 다른 사람

들의 인정을 받아야만 한다. 그렇지 못하면 나는 무능력한 인간이다.

우리는 성공하기 원하고 인정받기 원합니다. 하지만 모든 사람이 성공할 수 없고 인정받을 수는 없습니다. 성공과 인정의 기준과 해석은 사람마다 다를 수 있지만, 자신이 정해놓은 기준에 의한 성공과 인정일지라도 꼭 그렇게 내 인생이 내가 원하는 대로만 될 수는 없는 것입니다. 이것이 일종의 바람이고 소망일 수는 있지만, 절대적인 명령이 되어서 이렇게 되지 않았을 때 견딜 수 없는 분노가 차오른다면 이런 사람은 비합리적인 신념에 둘러싸여 있는 것입니다.

＊ 타인 : 사람들은 나에게 언제나 친절하게, 내가 원하는 방식대로 행동해야만 한다. 내게 불친절한 사람들은 비난받고 벌 받아야 한다.

모든 사람이 나에게 친절하게 대해주는 건 참 감사한 일입니다. 하지만 언제나 모든 사람이 나에게 친절하게 대해야 하고 그렇지 않으면 견딜 수 없다는 것은 비합리적인 신념입니다. 다른 사람이 자신에게 무례하게 행동하는 것을 견디지 못하고 크게 분노한다면 이 비합리적 신념이 강하게 자리 잡은 것입니다.

＊세상 : 세상은 내가 원하는 대로 움직여야 한다. 내가 원하는 것은 이뤄지고, 내가 원치 않는 것은 발생하지 않아야 한다.

'내가 원하는 것이 이루어지지 않을 수도 있다.' 라는 것이 합리적인 신념임에도 불구하고 많은 사람들이 자신이 원하는 것이 이루어지지 않았을 때 견디지 못하고 분노합니다. 이들 안에는 '내가 원하는 것은 반드시 이루어져야만 해' 라는 비합리적인 신념이 강하게 작동하고 있는 것이죠

세 가지 영역의 비합리적 신념에서 공통으로 알 수 있듯이 사람들이 가지고 있는 비합리적인 신념 안에는 '해야만 한다.' 와 '견딜 수 없다.' 가 핵심을 이루고 있습니다.

대표적인 비합리적 신념	
개인	나는 내가 하는 일에 성공해야 하고, 다른 사람들의 인정을 받아야만 한다. 그렇지 못하면 나는 무능력한 인간이다.
타인	사람들은 나에게 언제나 친절하게, 내가 원하는 방식대로 행동해야만 한다. 내게 불친절한 사람들을 나는 참을 수 없다.
세상	세상은 내가 원하는 대로 움직여야 한다. 내가 원하는 것은 이뤄지고, 내가 원치 않는 것은 발생하지 않아야 한다.

"아니,
어떻게 나한테
저렇게 불친절할 수가 있어?"

"나는 꼭 성공해야만 해"

"절대 이런 일은
나에게 일어나서는 안되"

2) 너의 생각이 문제야

"4.48" 여러분들은 이게 무슨 의미의 숫자라고 생각하시나요? 저의 대학 때 학점? 그럴 리가 없죠! 이 점수는 바로 제가 강의를 하고 나서 받았던 강의 평가 점수입니다. 5.0이 만점이니 100점으로 환산하면 89점 정도 받은 것이니 괜찮은 점수라고 할 수 있습니다. 하지만 오래전 저는 강의를 하고 나서 4.48이란 결과를 받았을 때 엄청나게 분노하고 그 감정을 견디지 못해 친한 후배 강사에게 전화해서 한참 하소연을 한 적이 있습니다. 보통 때 저의 강의 평가점수는 평균적으로 4.7~8 정도로 나올 때가 많았습니다.

4.48로 떨어지려면 몇 명의 교육생들이 5점 만점에 3점, 다시 말해 보통을 줘야 나오게 되는 점수입니다. 그때 전제 강의를 듣고 3점으로 평가한 사람을 보면 마음속 깊이 화가 치밀어 올랐습니다. '어떻게 내 강의에 3점을 주지? 이렇게 재미있고 유익한 강의에?' 실제로 저는 그런 마음에 사로잡혀 너무나 괴로운 시간들을 보냈습니다.

여러분들 그때의 제 모습을 보면서 어떤 생각이 드시나요? 건강해 보이나요? 여러분들이 느끼시겠지만 저는 그때 비합리적인 신념에 깊이 사로잡혀 있었습니다.

'모든 사람은 내 강의에 만족해야 하며(해야만 한다) 내 강의에 보통이라고 평가하는 일이 있을 수 없다.(견딜 수 없다)' 이것이 제가 가지고 있었던 비합리적인 생각이었습니다. 그땐 정말 그런 생각에 사로잡혀 있었습니다. 그런데 이게 얼마나 비합리적인 생각인가요? 사람은 저마다 살아온 환경과 경험이 다르고 같은 것을 보고 들어도 느끼는 것이 다릅니다. 하물며 강의 한지 4~5년밖에 안된 젊은 강사의 강의를 듣고 100%의 사람들이 매우 만족한다는 것은 불가능한 일인 것이죠. 하지만 전 비합리적인 신념으로 낮은 평점을 마주할 때마다 괴로운 시간들을 보냈습니다. 저의 비합리적인 신념은 이거 하나만이 아니었습니다.

3) 끊임없이 나를 괴롭히는 부정적 신념

제가 참석했던 어떤 스터디 모임이 끝나고 회식 자리가

있었습니다. 그 모임에는 여성분들이 많았습니다. 그날 회식 때 저는 여러 여성분들과 함께 대화의 주도권을 잡고 저의 장기인 유머로 즐거움을 주고 있었습니다. 당연히 사람들은 저에게 집중되어 있었고요. 그런데 얼마 지나지 않아서 모임 멤버 중 키가 크고 잘생긴 친구가 그 자리에 합류했는데 그 순간 모든 관심과 집중이 그 친구에게 가는 것이 느껴졌습니다. 대화와 사람들의 질문도 그 친구 중심으로 돌아갔습니다. 그 순간 제 안에는 알 수 없는 불쾌감이 올라왔습니다. 그리고 몰래 그 자리를 빠져나와 집으로 돌아가며 크게 분노하며 괴로워했습니다. 제 안에 어떤 비합리적인 신념이 있었던 걸까요?

'회식자리에선 항상 내가 중심이 되어야 하고, 다른 사람이 나보다 더 관심받고 중심이 되는 일은 절대로 있을 수 없어.'
이것이 제가 가지고 있던 비합리적인 신념이었습니다.
'모든 사람은 나를 좋아해야 하며(해야만 한다) 모임 자리에서 내가 중심이 되지 않는 건 있을 수 없는 일이다.'
(견딜 수 없다)

시간이 지나면서 이런 생각들이 얼마나 비합리적인 생각인지 깨닫고 엘버트 엘리스가 가르쳐 준 대로 논박하고 반박하면서 제 안에 비합리적인 생각들을 지워 나갔습니다. 그리고 이 방법은 저의 심리적 안정에 아주 큰 도움을 주었습니다. 지금도 제 안에 비합리적인 생각들이 떠오를 때마다 '이건 비합리적인 신념이야.'라고 논박하며 생각을 바꾸곤 합니다. 그럼 지금부턴 여러분들이 가지고 있는 비합리적인 신념을 찾아 변화시켜 보면 어떨까요?

수년 전 저는 00생명 지점장님들을 대상으로 리더십 강의 3시간을 진행하러 00생명 연수원으로 이동했습니다. 연수원에 도착하니 교육담당자가 교육대상자들이 까다롭고 집중력이 좋지 않다고 귀띔을 해줬습니다. 저는 사실 그런 이야기를 들을 때 속으로 쾌재를 부릅니다. '야호! 드디어 나의 능력을 보여줄 때가 왔구나.' 근자감(근거없는자신감)인가요? 하지만 이 근자감은 그리 오래 가지 못했습니다.

담당자가 말한 대로 교육생들의 태도와 강의 분위기는 좋지 않았습니다. 시작할 때부터 교육생 2명은 뒷자리에서 엎드려 자고 있었고 반대쪽 뒤에 한 분은 핸드폰으로 게임을 하고 있었습니다. 전에도 이런 상황에서 처음에는 집중하지 않다가 점점 몰입하는 교육생들에 대한 긍정적 경험이 있었기에 이번에도 그럴 거라 믿어 의심치 않았습니다.

그런데, 엎드려 자고 있던 교육생 2명과 게임을 하던 교육생 1명은 강의가 끝날 때까지 그 태도를 유지했습니다. 강의가 끝나고 나서 저는 충격에 빠지게 되었습니다. '어떻게 내가 강의하는 데 3시간 내내 자고 있지?, 어떻게 강의 내내 게임을 할 수 있는 거야? 이건 말도 안 돼!' 강의가 끝나고 돌아오는 차 안에서 저는 분노가 치밀었고 이 분노는 부정적인 생각으로 이어졌습니다. '앞으로 지점장 강의는 못 할 것 같다', '난 진짜 못났다.', '이런 내가 강의 잘할 수 있을까?'

4) 비합리적인 신념을 바꿔주기

이제 여러분들도 위의 상황에서 흐르고 있는 저의 비합

리적인 신념을 잘 찾아낼 수 있을 겁니다. '내 강의를 듣는 사람들은 모두 처음부터 끝까지 집중해야 해, 자거나 핸드폰으로 게임 하는 건 절대로 있을 수 없어.' 이것이 제가 가지고 있던 비합리적인 생각입니다. 물론 외부에서 강사가 와서 강의할 때 집중해서 듣는 건 필요하지만 사실 그들에겐 잘 듣지 않을 권리도 있습니다.

엎드려 자고 있던 분들이 일주일 내내 야근에 시달리다 잠도 잘 못 자고 온 교육이라면? 너무나 큰 스트레스에 눌려서 누구의 말도 듣고 싶지 않은 상황이라면 그 순간을 버티기 위해 게임에 몰입할 수도 있습니다.
이 내용을 표로 만들면 이렇습니다.

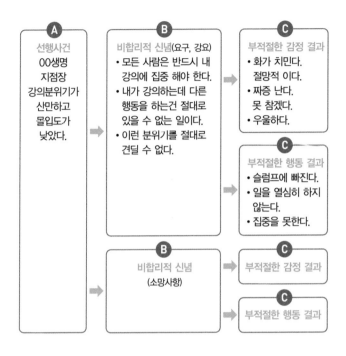

위 표에서 알 수 있듯이 비합리적인 생각은 그에 따른 감정과 행동으로 이어집니다. 그래서 무서운 것입니다. 그리고 그것이 반복되고 익숙해 지면 그 사람의 인생에 영향을 끼치게 되고 패턴이 형성되어 끊임없이 그 사람을 괴롭힙니다.

자, 이제 비합리적인 신념을 합리적인 신념으로 바꿔보겠습니다.

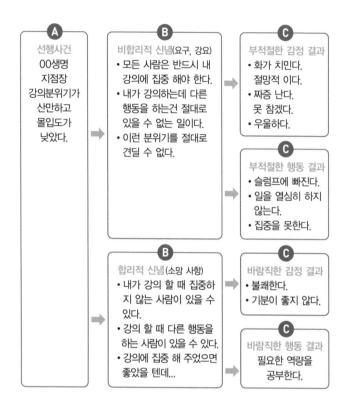

합리적인 신념으로 바뀌면 속상하긴 하지만 분노는 생기지 않습니다. 바람이 이뤄지지 않은 것이지 그것이 반드시 되어야 하는 명령으로 자신을 괴롭히지 않습니다 비합리적인 신념이 합리적인 신념으로 바뀌는 데에는 아래와 같은 논박이 필요합니다.

비합리적 신념체제에 대한 반박(의문문)

- 강의 분위기가 산만한 것을 왜 도저히 참을 수 없는가?
- 모든 사람이 내 강의에 집중해야 할 분명한 근거가 있는가?
- 내가 강의 할 때 다른 행동을 하는 사람을 왜 받아들일 수 없는가?
- 며칠 동안 야근하고 들어 온 교육이라면 졸 수도 있지 않은가?
- 너무나 큰 스트레스를 받고 있다면 강의에 집중 못하고 딴 짓을 할 수도 있지 않은가?

	비합리적 신념체제를 논박한 결과로 나타난 효과				
E	인지적 효과 (합리적 신념과 유사)	E	정서적 효과 (적절한 감정)	E	행동적 효과 (바람직한 행동)
	• 사람들이 강의에 집중하지 않는다고 해서 내 강의가 좋지 않다는 것은 아니다. • 사람들은 집중하지 않을 권리가 있다. • 대상에 맞는 강의 준비를 하면 된다. 그리고 충분히 좋아질 수 있다. • 강의에 집중 할 수 없는 그 사람만의 이유가 있을 수 있다.		• 기분이 언짢다. • 분노는 아니다. • 마음이 조금 안정이 된다.		• 강의 준비를 철저하게 한다. • 잘하고 있는 것들을 떠올린다. • 매번 최선을 다해 강의 한다.

논박은 나의 비합리적인 신념에 반박을 가하는 것입니다. 스스로에게 내가 가지고 있는 잘못된 생각은 무엇인

지 물어보고 대답합니다. 이 같은 과정은 한 사람이 성
숙해지는 과정입니다.

03 왜곡된 생각을 건강한 생각으로
바꾸는 실전 연습

Albert Ellis

　　나와 너 안에 굳어져 있는 비합리적인 신념을
합리적인 신념으로 바꾸는 연습을 꾸준히 한다면 우리
는 더 건강한 생각으로 살아갈 수 있습니다.

최근에 크게 분노했던 일을 떠올려 봅니다. 그 안에 내
가 가지고 있는 비합리적인 신념이 무엇이었는지 찾아
보고 적어봅니다. 그리고 그것을 합리적인 신념으로 바
꾸어서 적어보세요.

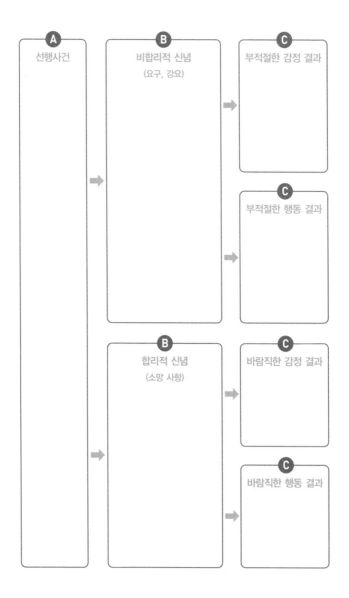

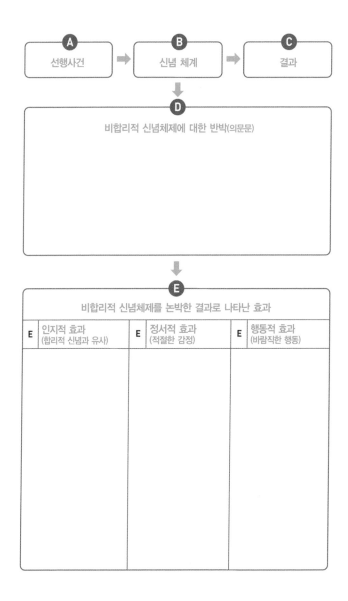

* 수원에 사는 1년 차 신혼 H양

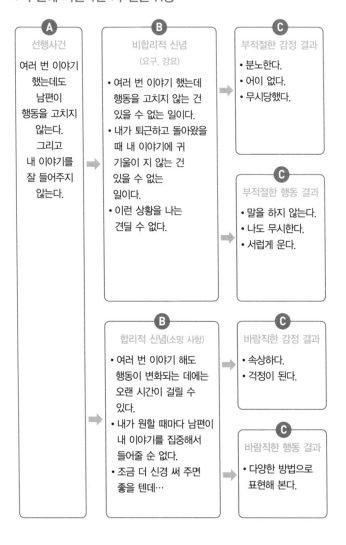

A 선행사건

여러 번 이야기 했는데도 남편이 행동을 고치지 않는다.
그리고 내 이야기를 잘 들어주지 않는다.

B 비합리적 신념 (요구, 강요)

• 여러 번 이야기 했는데 행동을 고치지 않는 건 있을 수 없는 일이다.
• 내가 퇴근하고 돌아왔을 때 내 이야기에 귀 기울이지 않는 건 있을 수 없는 일이다.
• 이런 상황을 나는 견딜 수 없다.

C 부적절한 감정 결과

• 분노한다.
• 어이 없다.
• 무시당했다.

C 부적절한 행동 결과

• 말을 하지 않는다.
• 나도 무시한다.
• 서럽게 운다.

B 합리적 신념(소망 사항)

• 여러 번 이야기 해도 행동이 변화되는 데에는 오랜 시간이 걸릴 수 있다.
• 내가 원할 때마다 남편이 내 이야기를 집중해서 들어줄 순 없다.
• 조금 더 신경 써 주면 좋을 텐데…

C 바람직한 감정 결과

• 속상하다.
• 걱정이 된다.

C 바람직한 행동 결과

• 다양한 방법으로 표현해 본다.

A	B	C
선행사건	신념 체계	결과

D

비합리적 신념체제에 대한 반박(의문문)

- 나도 여러 번 말해도 고쳐지지 않는 것이 있지 않는가?
- 남편의 모든 부분이 고쳐지지 않는 건 아니다 좋아지고 있는 부분도 있지 않는가?
- 내가 늘 하고 싶은 말이 많아서 듣는 게 피곤 할 수 도 있지 않는가?
- 내가 얘기하고 싶을 때 언제나 남편이 내 얘기를 들어줘야 한다는 건 비합리적이지 않는가?

E

비합리적 신념체제를 논박한 결과로 나타난 효과

E 인지적 효과 (합리적 신념과 유사)	E 정서적 효과 (적절한 감정)	E 행동적 효과 (바람직한 행동)
• 나도 안 되는 것을 남편에게 강요하는 건 잘 못된 것이다. • 남편이 좋아진 부분 있다는 걸 잊지 않는다. • 내 입장만 생각하지 말고 남편의 입장에서 생각해 봐야한다.	• 서운하다. • 속상하지만 참을 수 있다.	• 남편이 조금씩 변해가는 과정을 기다릴 수 있다. • 속상한 일을 이성적으로 표현 할 수 있다.

* 4년째 연예중인 J양

A

선행사건

남자친구가
입사 후
첫 회식을
했는데
6시간 동안
연락이
없었다.

B

비합리적 신념
(요구, 강요)

- 남자 친구라면 적어도
  1시간에 한번씩은
  나에게 반드시 연락을
  해야 한다.
- 회식이 1,2차 진행될 때
  자리를 옮기는 순간에는
  반드시 연락을 해야 한다.
- 화장실을 갈 때조차 내
  생각을 하지 않는 건
  있을 수 없는 일이다.
- 남자친구가 6시간 동안
  연락을 하지 않는 걸
  나는 견딜 수 없다.

C

부적절한 감정 결과

- 화가 점점 커진다.
- 짜증이 난다.
- 울컥한다.
- 너무 밉다.

부적절한 행동 결과

- 내 일에 집중이
  안 된다.
- 안절 부절 한다.

합리적 신념(소망 사항)

- 첫 회식이고 막내라서
  선배들을 신경 쓰느라
  핸드폰을 확인 할 수
  없을 수 있다.
- 너무 긴장해서 화장실을
  갔을 때 내 생각을
  못 했을 수 있다.
- 사정이 있다면 6시간
  동안 연락 없는걸
  참을 수 있다.

C

바람직한 감정 결과

- 속상하다.
- 걱정이 된다.
- 섭섭하다.

바람직한 행동 결과

- 회식이 다 끝날 때
  까지 기다렸다가
  대화한다.

A	B	C
선행사건	신념 체계	결과

D

비합리적 신념체제에 대한 반박(의문문)

- 나라면 선배들에게 둘러 쌓여 있는 첫 회식에서 남친 에게 자주 연락할 수 있겠는가?
- 왜 꼭 1시간에 한번 연락을 해야 하는가?
  나만의 무리한 기준은 아닌가?
- 술에 취한상태에서 화장실에 갈 때마다 핸드폰을 챙길 수 있을까?
- 선배들과 좋은 관계를 만들려고 하는 그 시간들을 이해해 줄 수 는 없는가?

E

비합리적 신념체제를 논박한 결과로 나타난 효과

E 인지적 효과 (합리적 신념과 유사)	E 정서적 효과 (적절한 감정)	E 행동적 효과 (바람직한 행동)
• 6시간 동안 연락이 없다고 해서 남친이 나를 사랑하지 않는 건 아니다. • 사정이 있으면 6시간 동안 연락 못할 수도 있다. • 이런 상황이 처음이니까 충분히 참을 수 있다.	• 속상하다. • 화가 나지만 견딜 수 있다. • 마음이 다소 안정된다.	• 연락을 기다리면서 내 일에 집 중 할 수 있다. • 남자친구와 이성적으로 대화를 할 수 있다.

* 취준생 P군

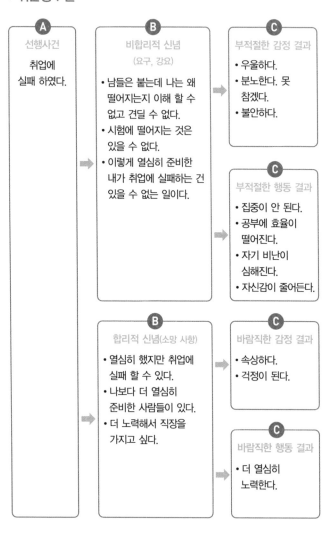

상대방의 마음을 읽는 심리학

D

비합리적 신념체제에 대한 반박(의문문)

- 나 말고도 떨어지는 사람들이 많은데 왜 나는 떨어지면 안 되는 것인가?
- 내가 합격한 사람들보다 더 노력했다는 분명한 근거가 있는가?
- 더 노력해서 다음에 붙을 수 있다는 생각은 왜 못하는가?
- 나보다 더 많이 떨어지는 사람들도 있는데 나는 더 괜찮은 상황 일수도 있지 않은가?

E

비합리적 신념체제를 논박한 결과로 나타난 효과

E 인지적 효과 (합리적 신념과 유사)	E 정서적 효과 (적절한 감정)	E 행동적 효과 (바람직한 행동)
• 나보다 더 노력한 사람이 있을 수 있다. • 더 노력하면 다음에는 합격할 수 있다. • 자극 받고 더 열심히 한다.	• 동기부여가 된다. • 자신감이 생긴다. • 조금이나마 안정이 된다.	• 준비를 더 열심히 한다. • 컨디션 조절을 위해 운동한다. • 자기 계발을 위한 노력을 한다.

"긍정적인이고 훨씬 더 멋진 삶을 살아가기 위하여"

지금까지 5명의 심리학 거장들의 이론을 바탕으로 나와 상대방의 마음을 이해해 보는 시간을 갖어 봤습니다. 여러분 이 여행이 어떠셨나요?

나와 너를 이해하는데 작은 도움이 되셨다면 잊지 말아야 할 건 지금부터 시작이라는 것입니다 저는 초등학교 때 비만이었던적이 있습니다. 지금은 그런 모습을 찾아보기 힘든 외모이지만 제 안에는 그때의 본능들이 살아있어서 자주 과식을 하는 경우가 있습니다. 지금도 1년에 4~5k가 왔다갔다 하는 경우가 많습니다. 운동과 식단조절로 적정 몸무게를 만들지만 어느새 리듬이 깨어지고 마구 먹는 내 모습이 자주 발견 됩니다. 우리 몸은 전으로 돌아가려고 하는 강한 회귀 본능이 있습니다.

우리의 마음도 마찬가지입니다. 누군가를 이해하는 것은 어려운 일이고 끊임없는 노력이 필요 합니다. 이 책에서 얻은 인사이트를 꾸준히 활용하고 업그레이드 하지 않는다면 우린 어느새 이 책을 읽기 전과 같은 마음으로 돌아가 있을 것입니다. 책의 내용들을 자주 활용해 보면서 다양한 삶의 사례들을 만들어 나가면 어떨까요?

저는 사람을 너무나 좋아합니다. 유머라는 재능을 하나님이 주셔서 그 재능으로 많은사람들에게 웃음을 주면서 살았습니다. 초, 중, 고시절, 대학시절, 군대시절, 교회에서의 많은 활동 그리고 강의를 하는 현장에서도 유머는 마음껏 활용 되고 있습니다.

그런데 유머를 통해 사람을 웃게 하는 것보다 더 귀한 웃음은 누군가의 마음을 함께 하고 깊이 이해해줘서 상대방을 미소짓게 하는 것입니다.

누군가 내 마음을 이해해주고 공감해주고 위로 해주면 우리는 따뜻한 미소를 짓게 됩니다. 이런 웃음보다 귀하고 값진 웃음이 있을까 싶습니다.

이 책을 읽고 많은 독자분들이 주위에 많은 분들에게 이런 의미의 미소를 많이 선물해 주셨으면 좋겠습니다.

갈수록 각박해 가는 세상 속에서 나를 미소 짓게 하는 사람들이 많아진다는 건 참으로 아름답고 멋진 일일 것입니다.

[Thanks to]
너무나 사랑하는 가족들, 친구들, 동료들, 은사님들, 경진작가님 그리고 의암교회 패밀리